못난 놈에게 전하노라.
단결☆투쟁

"알리사르라 샤키 르비야라 한다."

“아, 안녕.”

"반갑다, 요괴의 왕. 나는 요괴 대책팀의 국장, 말뚝이다."

붉은 밤

제3부 나와 호랑이님 결(結)

카넬 지음

영인 일러스트

목차

토성훈격문

못난 놈에게 전하노라.

무릇 바른 것을 지키고 떳떳한 것을 행하는 것을 도라 하는 것이요, 위험한 때를 당하여 변통할 줄을 아는 것을 권이라 하느니라.

지혜로운 자는 알맞은 때를 따름으로써 성공하게 되고, 어리석은 자는 이치를 거스름으로써 패하게 되는 것이니라.

비록 네놈의 역량이 부족하다 할지라도, 왕으로서 옳고 그른 것은 가히 분별할 수가 있어야 하는 것이다.

자고로 왕의 정치는 은혜로운 덕을 앞세워야 하며, 다스리는 이들의 의견에 귀를 기울여야 하는 법이니라.

네놈은 본시 선량한 마음을 가지고 있으나, 한순간의 과실로 삿된 꾀를 품고, 성실하게 대하여야 할 가솔들에게 무리한 요구를 하였으니, 이 일은 쉬이 넘어갈 수 없는 것이니라.

하나, 나의 선량한 아우는 하늘과 같이 넓은 마음을 품고서 이를 용서하기로 마음먹었느니라.

이에 네놈은 자신의 뜻을 고집하지 말고 일의 기회를 잘 알아서 스스로 계책을 잘하여 잘못된 일을 고치길 바라느니라.

시작하는 이야기

밥은 중요하다.

'다 먹고살자고 하는 일 아니냐.'라는 말이 있을 정도로 중요하다.

나만 쏙 빠지고 다들 학교에 보내겠다는 결정에 불만을 터트리는 것보다, 점심을 우선시한 것도 그런 이유였다.

하지만.

"차라리 밥 먹는 걸 뒤로 미룰 걸 그랬나."

그랬다면, 자기 할 말만을 다하고 방을 나서는 냥이가 슬쩍 지은, 정말 끝내주게 성격이 나빠 보이는 미소는 안 봤어도 됐을 테니까.

"주인님 뱃속에서 꼬르륵 소리만 나지 않았다면 안주인님과 다른 분들께서도 그리하실 수 있으셨겠죠."

시, 시끄러워!

"어젯밤부터 먹은 게 물밖에 없는데 그럴 수도 있지!"

"야식 챙겨 드립니까."

그랬다가는 운동의 강도가 한 단계 더 올라갈 거라는 사실을 알기에 나는 고개를 가로저었다.

"지금 중요한 건 그게 아니고."

아이들이 학교에 가는 걸 이렇게까지 싫어할 거라는 건 내 예상 밖이었다.

전에 서울에 잠깐 머물렀을 때, 랑이도 치이도 폐이도 그렇게 학교를 싫어하는 것 같지는 않았으니까.

비록 그 시간이 짧긴 했지만, 다들 자기 나름대로의 방식으로 학교를 즐겼으니까.

그랬던 아이들이 냥이에게 반대 연설을 해 달라고 부탁할 정도로 학교 가는 걸 싫어할 거라고 내가 생각할 수 있었겠냐고.

그래서 나는 혼잣말하듯, 하지만 방 안에 있다면 누구나 들을 수 있을 정도의 목소리로 말했다.

"그렇게 싫나."

세희가 말했다.

"사람이든 요괴든 모든 것은 변하기 마련입니다."

뜬구름 열심히 잡으라고.

아이들이나 나나 그때와 비교하면 그다지 변한 게 없으니까 환경 쪽의 이야기로 받아들이면 되려나.

그렇다면 짚이는 곳이 있다.

"일 때문에 같이 놀 수 있는 시간이 줄어들어서 그렇겠지."

“그런 건 직접 물어보시는 것이 좋지 않겠습니까.”
하긴 그러네.
애들이 멀리 있는 것도 아니고.
나는 냥이가 멋들어지게 쓴 글을…….
“아, 참고로 주인님께서 단순히 글이라고 생각하신 그것은 격문이라 합니다. 조금 더 정확하게 말하면, 토황소격문을 본 땄기에 토성훈격문이라고 할 수 있겠지요.”
몰라, 그런 거.
“참고로 냥이 님께서 당신의 목소리를 내지 않고 후세의 문장가의 글을 빌린 건, 토황소격문이 가지고 있는 상징성을 통해 주인님을 압박하기 위하심이었지만…….”
세희는 물기 하나 보이지 않는 눈가를 소매로 꾹꾹 누르며 말을 이었다.
“안타깝게도 그 노력은 보답받지 못한 것 같군요.”
걱정 마라.
아이들이 냥이에게 이런 일을 부탁했다는 것 자체로 내게는 너무나 큰 압박이 됐으니까.
“후우…….”
그래서 나는 깊은 한숨을 내쉰 뒤.
의자를 뒤로 돌려 지금껏 외면했던 현실을 마주하며 말했다.
“아, 이제 괜찮으니까 계속해도 괜찮아.”
그와 동시에.
“우리의 주장을 들어주지 않는 한, 우린 이제 후식을 먹지 않겠느니라!”

[요괴는 공부 따위 하지 않는다네!]

“아빠와 함께하는 여가 시간을 책임져!”

“*아우우우, 이, 이래도 되는 건가요,*가 아니라, 학교 가기 싫은 거예요!”

랑이와, 치이와, 페이와, 아야가 약속이라도 한 듯이 준비해 온 구호를 외쳤다.

그래.

씨를 뿌린 냥이는 이미 가고 없지만, 그 녀석과 함께 온 아이들은 확실히 이 자리에 뿌리를 박고 싹을 틔웠다는 이야기다.

지금까지 조용했던 건, 토성훈격문…… 이란 걸 제대로 읽어 봐야 하니까 잠시만 조용히 해 달라는 내 부탁을 들어줬던 거고.

어쨌든 나는 각양각색의 구호와 달리 절도 있게 팔을 움직이고 있는 아이들을 바라보았다.

랑이가 가장 맨 앞에 홀로 앉아 있고, 그 뒤로 치이와 페이와 아야가 일렬로 앉아 있다.

그것 말고도 평소와 다른 게 있다면 머리에 단결☆투쟁이라고 적힌 머리띠를 두르고 있다는 것 정도지만, 눈빛만은 진중하기 그지없다.

그만큼 이 일을 중요하게 생각하고 있다는 거겠지.

……중요하게 생각하고 있는 거 맞지?

나는 일부러 한숨을 쉬고서 먼저 랑이에게 말을 걸었다.

"왜 그렇게 학교 가기가 싫은 건데."

랑이가 귀를 쫑긋 세우며 외쳤다.

"학교에 가는 게 싫은 건 아니니라! 성훈이하고 같이 학교에 못 가는 게 싫은 것이니라!"

랑이의 사랑이 깊구나.

나는 나래와 같은 반이어도 학교 가는 게 싫었는데.

나는 일단 대답은 뒤로 미루고 시선을 돌려 페이를 바라보았다.

페이가 양 갈래 머리카락을 빙빙 돌리며 글을 썼다.

[성훈 없는 학교는 게임 없는 컴퓨터임.]

컴퓨터로는 게임 말고도 많은 것…….

그래.

정말 많은 것들을 하고, 보고, 들을 수 있다고.

그런 생각이 표정에 드러났던 걸까.

페이가 급히 손을 휘저어 연기를 흐트러뜨리고서는 다시 글을 썼다.

[성훈 없는 학교는 인터넷 안 되는 컴퓨터임!]

"그건 큰일이지!"

아차.

나도 모르게 공감하고 말았다.

페이가 흐뭇하게 미소 지으며 고개를 끄덕였고, 옆에 있던 랑이는 살짝 볼을 부풀렸다.

왜 자기의 이야기에는 그렇게 공감을 안 해 줬냐는 거지.

이해해 줘라, 랑이야.

이건 청소년이라면 어쩔 수 없는 일이니까.

"크흠."

그래도 그 시선을 무시할 수 없어서, 나는 헛기침을 하고서는 고개를 돌려 치이를 보았다.

내 시선을 받은 치이는 곁눈질로 랑이와 페이, 그리고 아야를 한 번씩 보고서는 호랑이 발소리같이 작은 목소리로 말했다.

"전 끌려 온 거예요……."

우리 집 아이들의 귀가 좋다는 사실이 형형색색의 눈동자가 번쩍 빛나는 것으로 증명됐다.

주위의 압박을 느낀 치이가 귀 위의 머리카락을 파닥이며 급히 말했다.

"오, 오라버니하고 학교에 안 가면 재미없는 거예요!"

서울에 있을 때 나래와 같은 반에서 학교생활을 만끽했던 것 같지만, 넘어가 주자.

나는 피식 웃음을 흘리고서는 아야를 향해 고개를 돌렸다.

안 그래도 화가 나면 눈매가 날카로워지는 아야가 자신의 귀만큼이나 눈썹을 치켜세우며 내게 말했다.

"학교 가면 아빠하고 같이 오래 못 있잖아!"

그건 아닐 것 같은데.

어차피 학교를 세우는 걸 시작으로 앞으로 여러 가지 정책을 추진해 나갈 생각이니까.

세희가 넘겨주는 서류를 처리하는 것보다 바빠지면 바빠졌지, 지금보다 여유가 있지는 않을 거다.

만약 그렇지 않아도 세희가 가만히 있지 않을 테고.

어쨌든.

"으음~."

아이들의 의견은 모두 들었다.

요점은, 학교에 가는 건 상관없는데 나만 쏙 빠지는 건 싫다는 거지.

그래서 나는 아이들에게 말했다.

"그래도 안 돼."

랑이는 털이 부풀어 오른 꼬리로 방바닥을 탁탁 쳤고, 페이의 양 갈래 머리카락은 헬리콥터의 프로펠러가 부럽지 않게 빙빙, 아야의 연갈색 털은 분홍빛으로 변했다.

"아우우우……."

치이는 나와 아이들 사이의 분위기가 급속하게 나빠지는 것에 당황해서 어쩔 줄 몰라 했고.

그러는 가운데 랑이가 말했다.

"왜 안 되느냐, 성훈아? 혹시 할 일이 많아서……."

나는 손을 들어 랑이의 말을 막았다.

"그런 게 아니야."

랑이는 그렇게 생각하면 안 되니까.
“그러면 뭔데, 이 태만아?”
아야야, 태만은 좀 아니지 않냐.
내가 얼마나 열심히 사는데?
[충격! 요괴의 왕, 방구석 폐인 되다?]
네 수준에서 생각하지 말아 줄래, 폐이야?
그렇게 생각하면서도 나는 아이들에게 말했다.
내가 학교에 가지 않겠다고 선언한 이유 중 하나를!

“공부하기 싫어서.”

“““[…….]”””

“하아…….”
모두가 할 말을 잃은 가운데, 세희의 낮은 한숨 소리가 들려왔다.
왜.
뭐.
서 있으면 앉고 싶고, 앉으면 눕고 싶고, 누우면 자고 싶은 게 사람이잖아?
여름 방학 이후.
내가 공부를 한 건 손에 꼽을 정도였다.
세희가 시킨 일만 끝내면 자고 싶을 때 자고, 일어나고 싶을 때 일어나고, 먹고 싶을 때 먹고, 쉬고 싶을 때 쉬며, 놀고 싶을 때 노는 반백수 생활을 반년가량 했다는 거지.

……그러면서 여러 가지 일을 겪긴 했지만, 공부와 연이 없는 시간을 보냈다는 것만은 사실이다.

"……그것뿐이느냐?"

"……정말인 건가요?"

[……그게 전부임?]

"……다른 이유 없어?"

겨우겨우 충격에서 벗어난 아이들의 목소리는 어딘가 얼이 빠져 있었다.

아무래도 이해를 못 하는 것 같다.

뭐, 이건 어쩔 수 없지.

아이들과 나는 입장이 다르니까.

10년이 넘는, 인생의 반이 넘는 시간 동안 주입식 교육이라는 족쇄에 얽매여 있다가 겨우 풀려난 나를 이해해 주기를 바라는 건 너무 양심 없는 일이다.

그래서 나는 반쪽짜리 진심을 가득 부풀려.

"응."

아이들이 의심을 품지 못하도록.

"학교 가서 공부하기 싫거든."

메롱, 하고 혀를 내밀며 말했다.

"하하하하! 억울하면 너희들도 요괴의 왕 되든가! 우하하하핫!"

악역 같은 웃음까지 덤으로!

……그런데 아이들의 반응이 이상하다.

나를 바라보는 눈동자에 빛이 사라졌다고 할까?

너무 연기를 잘했나?

내가 그렇게 생각하고 있을 때.

[세상에 이런 말이 있음.]

페이가 주머니 속에 손을 넣은 뒤 휴대폰을 꺼내 내게 보여주며 글을 썼다.

[성훈이 제 무덤 판다.]

통화 중이라 표시된 화면에는 '나래 언니'라는 이름이 보였다.

[난 이제 모름.]

내가 상황을 파악한 건 랑이가 고개를 들어 천장을 바라보고, 치이가 한숨을 쉬며, 아야가 꼬리를 쓰다듬을 때였다.

……어, 그러니까 지금까지의 대화를 나래가 듣고 있었다는 이야기지?

그렇게 현재 내가 처한 현실을 인식했을 때.

쿠구구구구궁!

성난 반달곰이 달리는 것 같은 소리와 진동이 방을 울리더니.

쾅!

미닫이문이 거칠게 열렸다.
굳어 버린 목을 억지로 돌렸을 때.
나는 볼 수 있었다.
화가 잔뜩 나서 나를 노려보고 계시는 나래 님을.
"지금 애들 앞에서 그걸 말이라고 해?!"
나래는 내게 변명할 시간을 주지 않았다.
그저 주먹을 쥐고 크게 휘두를 뿐.
내 옆구리를 향해서.
이야, 그립네요!
나래 님의 옆구리 찌르기!
그것도 진심이 가득 담긴!
"꿰에에에엑!!"
그렇게 나는 가장의 권위라고는 찾아볼 수 없는 비명을 질러야만 했다.

* * *

나는 입을 삐죽이며 말했다.
"……장난이었는데."
"농담은 아니었잖아."
"공부하기 싫은 걸 어떻게 해? 거기다 지금은 공부보다 다른 데 신경 써야 할 때고."
"후우……."

나래의 한숨 소리에 몸이 살짝 떨렸지만, 내가 생각했던 최악의 상황은 일어나지 않았다.

"애들한테도 그렇게 말하면 됐잖아."

그렇긴 하죠.

하지만.

"그걸 어떻게 말해."

나는 혀를 날름 내밀었다.

나래가 손을 움직여 내 혀를 잡아채려고 하기 전까지.

위, 위험했네.

"한 번 더 장난치면 나도 화낼 거야."

아까 건 뭐였습니까, 나래 님.

"알았어."

그렇게 딴죽 걸고 싶었지만 분위기가 별로 좋지 않으니까 넘어가자.

아직도 옆구리가 얼얼하거든.

"그래서 진짜는 뭔데?"

역시 소꿉친구라고 해야 할지, 내 속을 빤히 알고 있다고 할지.

나래에게는 숨길 수 없구나.

"뭐긴."

나는 머리를 긁적이며 말했다.

"그냥 오지랖이지."

찌릿, 하고 노려보며 나래가 말했다.

"육하원칙까지 들먹이기 전에 제대로 말해."

슬쩍 시선을 피하자마자 날카로운 나래의 목소리가 들려왔다.

"내가 생각했던 이유하고 다르면 화낼 거야."

이런 게 바로 답은 정해져 있으니 너는 대답하라는 거지.

애초에 나래에게는 숨길 생각도 없었기에 나는 숨기지 않고 말했다.

"그때하곤 달리 할 일이 많아서 못 갈 것 같다고 하면 애들이 신경 쓸 것 같아서 그랬어."

보충 수업을 갔을 때의 나와 지금의 나는 입장이 다르다.

내가 요괴의 왕이 되었으니까.

그렇기에 해야 할 일이 달라졌다.

지금까지야 세희가 준 서류를 처리하는 것 정도였지만, 앞으로는 무슨 일이 벌어질지 모른다.

학교를 세우는 건 어디까지나 첫걸음일 뿐이니까.

앞으로는 상당히 바빠지겠지.

이걸 사실대로 말하면 아이들이, 특히 랑이가 신경 쓸 게 분명한데 어떻게 해?

그리고 나래는 내 깊은 배려심을 한마디 단어로 정의했다.

"……바보."

그것도 볼을 쿡쿡 찌르면서.

"애들을 너무 아이 취급하지 마."

"지금 애들이라고 직접 말씀하셨습니다만."

"말꼬리 잡지 말고."

나래가 랑이나 아야나 바둑이었다면 꼬리를 잡았을 텐데, 아쉽다.

"그 정도는 애들도 받아들일 수 있는 수준이야."

나래의 말은 사실이다.

우리 집에 있는 아이들 중에서 정말로 정신 연령이 어린 건 성린과 바둑이, 둘뿐이다.

랑이와 아야는 내가 원해서, 치이와 페이는 힘이 부족해서 아이의 모습으로 있는 거니까.

……냥이는 왜 어린애로 있는지 모르겠지만, 그 여동생 사랑교의 대주교님이라면 랑이와 같은 나이대로 있기 위해서라고 해도 받아들일 수 있다.

어쨌건.

다들 육체의 영향을 받아서 정신 연령이 낮아져 있지만 이 정도는 이해하고 받아들일 수 있다.

하지만.

"그래도 싫은걸."

그렇기에 오지랖.

부모이면서 오빠, 미래의 남편이면서 가장 된 입장으로서 나는 아이들이 조금이라도 더 걱정 없이 다시는 돌아오지 않을 이 시기를 즐기기를 바란다.

"온실 속의 화초처럼 키울 생각은 없지만, 그렇다고 이런 엄동설한에 밖에 내놓고 싶지는 않은걸."

"어휴……."

좋은 이야기를 한 것 같은데 왜 지금 한숨을 쉬십니까, 나래 님?

지금 '너, 그거 보상 심리라는 거 알아?'라고 눈빛을 보낸 것 같은데, 제 착각이죠?

그렇죠?

"뭐, 됐어."

나래가 시선을 피하며 말했다.

"이제 팔 내려도 돼."

분명, 나래가 아이들을 안방으로 돌려보낼 때는 단둘이서 차분히 이야기를 나누기 위해서라고 했는데 말이죠.

어째서인지 그 대화라는 게 벌과 함께 진행되고 있었습니다.

"에구구구, 죽는 줄 알았네."

나는 엄살을 부리며 두 팔을 내렸다.

지금까지 운동이라는 이름의 신체 개조를 당한 게 있어서 그런지 생각보다 힘들지 않았거든.

"마사지해 줘?"

"아니, 괜찮아."

괜찮다는 뜻으로 몇 번 팔을 돌리고 있자니 나래가 내게 말했다.

"그래도 애들한테는 제대로 말해."

"그건 좀……."

나는 고개를 돌리며 말을 흐렸지만, 그것도 나래가 내 볼을 두 손으로 잡아 휙 돌릴 때까지였다.

"성훈아."

"응?"

나래가 나를 똑바로 바라보며 말했다.

"우리가 왜 싸웠는지 까먹었어?"

대화가 부족해서.

"그런 일 또 겪고 싶어? 이번에는 아이들하고?"

그렇게 말씀하시면 제가 할 말이 없죠.

"……알았어."

"응, 잘 생각했어."

나래가 어린아이를 칭찬하듯이 내 머리를 쓰다듬었다.

그 손길이 기분 좋지 않다면 거짓말이겠지만, 그래도 뭐랄까.

나에게도 남자로서, 그리고 상대적 어른으로서의 그런 게 있다고.

그래서 난 평소에는 하지 않을 행동을 저질렀다.

"꺄?"

나래의 풍만한 가슴에 얼굴을 묻고 허리에 두 팔을 두른 거다.

"서, 성훈아?"

나는 얼굴 전면에서 느껴지는 따듯한 온기와 향긋한 체취, 그리고 말랑말랑한 감촉을 듬뿍 느끼며 입을 열었다.

"손."

"으, 응?"

"손 멈췄어."

단둘이 방에 있는데 내가 먼저 수위 높은 스킨십을 해 올

줄 몰랐는지 나래가 그대로 굳어 버렸거든.

지금은 다시 머리를 쓰다듬어 주며 등을 토닥여 주고 있지만.

"어린애도 아니고……."

머리 위로 들려온 나래의 한탄 아닌 한탄에 나는 당당하게 대꾸했다.

"어린애 맞거든?"

그래.

자존심 때문에 나래의 손길을 온전히 못 느낀다면!

그따위 건 버리면 그만이다!

"지금의 나는 7살이니까."

이런 행동이 아슬아슬하게 아웃인 나이지.

나래도 내 대답이 웃겼는지 피식 웃으면서 말했다.

"이렇게 다 큰 7살짜리 애가 어디 있다고 그래?"

그렇게 말하면서도 나래는 계속 내 머리를 쓰다듬어 주었다.

그뿐일까.

다른 쪽 손을 아래로 내려서 내 엉덩이를 토닥토닥해 주며, '우리 성훈이 많이 쓸쓸했쩌요?' 같은 말까지 했다.

나름 이 상황을 즐기고 있다고 할까, 좋아하고 있는 것 같은데…….

왜일까요.

제 머릿속에서 TAG : 누나 동생 놀이가 떠오른 건.

하지만 이 상황에서 벗어나기에는 얼굴로 만끽하고 있는 나래의 축복받은 가슴이 너무나 기분 좋다. 무엇보다 머릿속의 위험 센서가 잠잠한 상황.

나래도 지금의 행복한 상황에서 한발 더 나아가고 싶지는 않은 것 같다.

그런데 내가 먼저 지레 겁먹어서 도망치고 싶지는 않아.

오히려 어린애처럼 굴고 있는 지금.

나래에게 어리광 부리고 있는 이 순간에만 가능한 일을 해 보고 싶다.

그를 위해 나는 나래의 허리에 두르고 있던 팔을 빼서 슬금슬금 나만이 정복할 수 있는 두 개의 산봉우리를 향해…….

–지이이이잉!!–

나래의 휴대폰에 전화가 왔다.

“아. 미안, 성훈아.”

그리고 쿨하신 나래 님께서는 휴대폰의 전원을 끄고서는 침대에 던지셨습니다.

“우리 성훈이 하고 싶은 거 다 해.”

그래서 저는 다시금 두 손을 뻗어…….

“캬아아아앙!!”

가려다가 이번에는 겨울답지 않은 뜨거운 열기가 문 쪽에서 불어와서 그만두었습니다.

“도대체 지금 뭐 하고 있는 거야, 이 호색한아!!”

방문을 열어 놨음에도 불구하고 방 안의 온도를 높여 주고 있는 열기의 중심에는 새빨개진 꼬리를 높이 올린 채 이쪽을 노려보고 있는 아야가 있었다.

나는 나래의 가슴에서 고개만 살짝 돌린 채, 나래가 살짝 으응~♡ 하고 달콤한 소리를 냈지만 듣지 못한 거로 하겠습니다.

어쨌든 아야를 보며 말했다.

"잃어버린 내 유년기를 찾아서?"

내가 농담을 잘 못한다는 건 나도 알고 있다.

"이 곰탱이들!!"

왜 나까지 들어가는지는 모르겠군.

하지만 지금 나래에게서 떨어지지 않으면 아야가 여우불로 만든 피구공이 날아온다는 건 알겠다.

그뿐일까.

"으냐아앗!! 왜 이렇게 오래 걸리나 했느니라!"

"오, 오라버니는 기회만 있으면 파렴치한 짓만 골라 하는 거예요!"

[지금 그럴 때임?]

아야의 뒤를 따라온 랑이와 치이와 페이의 표정 또한 우습게 볼 상황이 아니다.

그렇다면!

"아, 그게 말이다."

나는 허리를 펴고 턱을 들어 올리며 거만하게끔 느껴질 정도로 당당하게 말했다.

"나도 가끔씩은 어리광 부리고 싶을 때가 있다고!"

휘이이잉~

열려 있는 문을 통해 들어오는 바람이 차갑기 그지없다.
그래 봤자 치이와 아야의 차가운 시선보다는 못하겠지만.
랑이와 폐이는 왜 빼냐고?
"나한테! 나한테 하면 되는 것 아니느냐?!"
랑이는 아주아주아주 조금 봉긋이 솟아오른 가슴에 손을 댄 채 세상 억울하다는 듯이 저렇게 말했고.
[저렇게 당당하면 오히려 할 말 없음.]
폐이는 만사를 포기한 듯 고개를 절레절레 흔들었으니까.
그래도 나름 얼렁뚱땅 넘어간 것 같네.
나는 머리를 긁적이며 가장 뒤에 있는 치이에게 말했다.
"그런데 치이야. 추우니까 문 좀 닫아 줘."
치이가 문을 닫고는 입술을 살짝 삐죽이며 말했다.
"난방비 아까워서 닫아 드리는 거예요."
아직 화가 덜 풀렸다는 거지.
그래도 내 말을 들어주는구나.
나는 사춘기를 맞이한 딸을 바라보는 아버지 같은 심정으로 치이를 흐뭇하게 바라보며 말했다.
"그래그래."
"그래그래가 아닌 거예요! 왜 그런 눈으로 보는 건가요?!"
치이는 귀 위 머리카락을 파닥이면서 반론했지만.
"뭐, 그건 그렇고. 일단 다들 앉아 볼래? 할 이야기가 있으니까."
나름 진지하게 이야기하자 아이들은 서로를 바라보며 눈치를 살피다가 주섬주섬 자리에 앉아 주었다.

"크응, 별거 아니면 화낼 거야."

"아우우우, 분명 저러다가 또 농담이나 하는 거예요."

"서, 성훈이가 그러는 게 하루 이틀 일이 아니지만 일단 한 번 들어 보자꾸나."

[단순한 화제 돌리기 아님?]

그렇다고 불만이 사라졌다는 이야기는 아닙니다.

"아니다, 이 녀석들아."

나는 살짝 딴죽을 걸고 이야기를 시작했다.

어떻게 보면 조금 전에 있었던 일의 연장선이라 할 수 있겠지만, 결과는 다르겠지.

나래의 조언대로 내 마음을 숨기지 않고 말하기로 결정했으니까.

그렇게 잠시 내가 학교에 가지 않으려는 이유를 사실대로 모두 전하자.

"으냐아……."

"아우우우……."

"크으응……."

[갑분싸.]

예상대로 아이들이 침울해졌습니다.

이, 이래서 내가 사실대로 말하기 싫었다고!

도와줘요, 나래 님!

내 시선을 받은 나래가 고개를 끄덕이고서 입을 열었다.

"이제 알겠지? 성훈이가 무슨 생각으로 말했는지."

아무래도 눈빛 대화가 제대로 이루어지지 못한 것 같습니다.

덕분에 랑이고 치이고 페이고 아야고 뭔가 하고 싶은 말이 잔뜩 있는 것 같지만 쉽게 입을 열지 못하고 있다.

이럴 때는 내가 조금 도와줘야 아이들이 쉽게 말문을 틀 수 있을 것 같다.

"잠깐만, 나래야. 너무 엄하게 말하면 애들이 아무 말도 못해."

아이들의 응석을 너무 받아 주지 말라는 소리를 들을 걸 각오하고 꺼낸 말이었지만.

"하긴 그러네."

나래는 너무나 쉽게 내 말을 인정하고 한발 뒤로 뺐다.

……잠깐만.

혹시 조금 전에는 일부러 엄하게 말한 겁니까?

"성훈이한테 하고 싶은 말이 있으면 지금 숨기지 말고 모두 말해. 나중에 다른 소리 하지 말고."

이걸 위해서?

내 생각이 맞는지 나래의 표정은 엄격, 근엄, 진지의 모범답안 같았지만, 그 입가는 아주 살짝 위로 올라가 있었다.

"성훈이가 왜 우리와 같이 학교를 가지 못하겠다는 것인지는 잘 알겠느니라."

하지만 나만을 올려다보느라 그 사실을 눈치채지 못한 랑이는 조심스럽게 입을 열었다.

"그래도…… 그래도 말이니라. 꼭 그래야만 하는 것이느냐? 우리와 함께 생각해 보면 분명히 학교도 가고, 요괴의 왕의 일도 하는 방법을 찾을 수 있을 것 같은데 말이니라."

응, 나도 그렇게 생각해.

백지장도 맞들면 낫다고, 다 같이 생각하면 무슨 방법이라도 나오겠지.

하지만 나는 나를 잘 안다.

"크으응. 그만해, 이 어리광쟁이야. 그랬다가는 아빠가 무리하다가 앓아누울 게 뻔하잖아."

아니, 나도 비슷한 생각을 하긴 했지만!

그런 일이 많기도 했지만!

그래도 그렇게 적나라하게 말할 건 없지 않니, 아야야?

"나, 나는 성훈이가 힘들어하지 않는 선에서 말한 것이니라. 성훈이가 무리하는 건 나도 싫으니까 말이니라."

랑이가 한눈에 알 수 있을 정도로 풀이 죽었으니까. 그걸 가장 먼저 눈치챈 치이가 슬쩍 랑이의 편을 들어 주었다.

"아우우우, 저도 오라버니가 힘들지만 않다면 같이 학교에 다니고 싶은 거예요."

[하지만 성훈 능력상 무리.]

페이가 바로 치고 들어왔지만.

[아니, 성훈 성격상 무리. 분명 주제 파악 못 하고 둘 다 하려다가 쓰러질 게 요튜브 각.]

페이의 글에 아이들의 시선이 한순간 내게 집중하더니 자기들끼리 옹기종기 모여서 소곤소곤 이야기를 나눴다.

“이상하게 모든 일을 혼자 책임지려고 하는 성훈이라면 확실히 그럴 것 같으니라. 응.”

“그뿐인 건가요? 오라버니는 고민이 생기면 꽁꽁 싸매고 혼자 앓는 성격인 거예요.”

“크응, 지금도 그랬잖아. 분명 또 그럴 거라니까? 이러니까 아빠를 걱정 안 할 수가 없어.”

[거기다 옹고집임. 이거다 싶으면 우리 말도 안 들음. 이번에는 우리가 봐줘야 할 듯]

야, 다 들리고 다 보이거든?

하지만 아이들은 내 청각과 시각에 심각한 문제가 있다고 생각했는지 아무 일도 없었다는 듯 몸을 돌려 나를 바라보았다.

무슨 이야기를 나눴는지 다 알고 있다고 말할까 고민하고 있을 때.

“아!”

랑이가 짝 하고 박수를 치며 들뜬 목소리로 말했다.

“성훈아! 요괴의 왕의 일을 세희에게 맡기는 건 어떠하느냐? 세희라면 믿고 맡길 수 있지 않겠느냐?”

“크응? 그러고 보니까 그러네? 세희한테 시키면 되는 거잖아?”

“랑이가 좋은 말을 한 거예요!”

[생각 못 한 게 이상할 정도로 좋은 방법임!]

아이들의 반짝거리는 시선이 내게 꽂힌다.

……뭐, 그런 방법을 생각 안 한 건 아니지만.

문제는 내가 그걸 심적으로 받아들일 수 없다는 거지.

일종의 PTSD. 정확하게 뭔 뜻인지는 모르겠지만, 어쨌든 PTSD 같은 거라고 생각하면 된다.

그동안 내가 세희에게 들었던 말이 있다 보니까 말이지.

왜, 자기가 주는 사료에 만족하며 사는 개돼지처럼 살아가라거나, 꼭두각시 왕처럼 지내라거나.

내가 그런 말을 한두 번 들은 게 아니잖아.

"……싫으느냐?"

그래서 내 표정이 좀 언짢아졌고 아이들은 불안해졌다.

"하아……."

그 모습을 보고서는 나래가 한탄이 가득 담긴 한숨을 내쉬며 조용히 입을 열었다.

"애들아, 그건 요괴의 왕으로서 너희들에게 멋진 모습을 보여 주고 싶은 성훈이의 자존심을 건드리는 일이야."

자, 자존심이 아닙니다!

제 자존심 같은 건 아이들의 행복한 미소를 위해서는 얼마든지 버릴 수 있으니까요!

이건 PTSD! PTSD!

전적으로 PTSD 때문이라고요!

"아니면 자기만의 고집이거나."

그건 맞는 것 같지만.

옛날이면 모를까, 지금은 세희에게 이것저것 맡기고 나만이 할 수 있는 일을 찾아 해도 괜찮을 것 같다는 생각이 드니까.

"그러니까 이번에는 우리가 성훈이를 이해해 주자. 응?"

나래의 이야기에 아이들은 조용히 고개를 끄덕였다.

"아우우우, 그러면 어쩔 수 없는 거예요."

"쿵, 능력 없는 아빠니까 이번에는 봐주는 거야. 알겠어?"

[과로로 쓰러지는 것보다는 그게 나은 듯.]

어려운 결정을 내렸다는 듯이 서로를 바라보며 고개를 끄덕이는 치이와 페이와 아야를 뒤로하고.

"성훈아, 그러면 나와 약속해 주어라."

랑이가 내게 새끼손가락을 내밀며 말했다.

"요괴의 왕의 일에 여유가 생기면 같이 학교에 가기로 말이니라."

장난으로 싫다고 말할까 싶었지만, 그럴 분위기가 아니라서 참아야 했다.

어느새 나래를 포함한 아이들의 시선이 내게 집중됐으니까.

나는 길고 포동포동한 랑이와 새끼손가락을 걸고서 말했다.

"그래."

그렇게 나는 요괴의 왕으로서 세운 첫 번째 정책을 온 세상에 내보일 준비를 끝냈다.

첫 번째 이야기

그렇게 나는 요괴의 왕으로서 세운 첫 번째 정책을 온 세상에 내보일 준비를 끝냈다……고 생각했는데.

"뭔가 제멋대로 이야기를 끝내시는 마당에 죄송합니다만, 그건 나중으로 미뤄야 하겠습니다."

언제나처럼 갑작스레 허공에서 뿅! 하고 튀어나온 세희의 말에 나는 인상을 찌푸릴 수밖에 없었다.

"왜? 또 무슨 일 생겼냐?"

그럼에도 당황하지 않고 대답할 수 있었던 건, 이제는 하루가 아니라 아침, 점심, 저녁이 멀다 하고 사건 사고가 끊이지 않는 인생을 살고 있기 때문이다.

"주인님께서 직접 보시는 것이 이해가 빠를 것입니다."

세희가 말했다.

"안방으로 자리를 옮기시지요. 자세한 이야기는 그 후에 하는 게 좋겠습니다."

……왜 하필 안방이냐.
마루를 가로질러 가는 건 추워서 싫은데.
하지만 세희의 표정이 꽤 험악한 걸 보니 그런 말을 했다가는 인격 모독에 가까운 독설을 들을 것 같군.
"알았어."
그래서 난 군말 없이 자리에서 일어난 다음.
"읏차!"
랑이를 번쩍 들어 올려 품에 안고서 안방으로 향했다.
더운 여름에 그 고생을 했으니 추운 겨울에는 돌려받아야 하지 않겠어?
"크응, 내 털이 더 따듯한데……."
서운해하는 아야의 목소리는 잠깐 못 들은 걸로 합시다.
아야의 기분은 안방에 가서 풀어 주면 되니까.
하지만 안방에 도착한 나는 여우 목도리를 두르는 건 훨씬 더 뒤로 미루어야 한다는 사실을 깨달았다.
아무래도 지금은 그럴 때가 아닌 것 같거든.
냥이가 연설을 끝내고 나갈 때 나를 바라보며 슬쩍 올린 한쪽 입꼬리 대신, 두 눈썹이 잔뜩 치켜 올라가 있기 때문이 아니다.
무슨 일이 있어도 언제나 천하태평으로 자신만의 길을 걸어가시는 성의 누나께서 TV 뉴스를 뚫어지게 바라보고 계시기 때문입니다.
그것도 상당히 기분 나빠하는 표정으로.

나는 랑이를 바닥에 내려놓은 뒤 세희를 바라보았다.

성의 누나 때문에 그런 거냐고 묻기 위해서였는데, 세희는 내 생각을 읽기라도 한 듯 고개를 젓고 TV를 향해 시선을 돌렸다.

그 이유를 알고 싶으면 뉴스를 보라는 거지.

그래서 난 내 지정석이나 다름없는 소파에 앉아서 TV를 보았다.

상황 파악을 빨리 하기 위해 뉴스 내용을 요약해 주는 자막을 중점으로.

[전요협(전 세계 요괴 협회)회장 曰, 요괴의 왕의 행보에 문제 많아.]

[요괴의 왕의 독주에 요괴들의 불만 늘어나.]

[관계자 曰, 모든 요괴가 요괴의 왕을 따르는 건 아니다.]

[불안정한 정세, 하지만 요괴의 왕은 여전히 침묵 중.]

[요괴의 왕의 행보에 종족 불문 시민들의 이목이 집중.]

그런 자막이 변하는 가운데, 뉴스를 진행하고 있는 두 명의 인간 아저씨와 한 명의 어른 요괴가 서로 열띤 이야기를 주고받고 있었다.

하지만 그 이야기는 내 귀에 들리지 않았다.

그리고 세희가 볼륨을 키웠다.

[요괴의 왕, 그러니까 강성훈 씨의 행보에 반감을 가진 요괴분들이 많다는 말씀이시죠?]

[그렇습니다. 물론 하늘의 인정을 받은 요괴의 왕이 저희들을 통치한다는 것을 부정할 생각은 없습니다.]

[하지만 불만은 있을 수 있겠죠. 그 결과 오늘의 기자 회견 같은 자리가 마련되었던 것이겠고요.]

[그렇습니다. 하지만 인간분들께서 오해하시면 곤란합니다. 하늘의 인정을 받은 요괴의 왕의 정통성을 의심하고 반기를 들 요괴는 없습니다. 저희들이 바라는 건 그저 요괴의 왕이 자신의 백성인 요괴들의 목소리에 귀를 기울여 줬으면 하는 것뿐이니까요.]

[즉, 현재로서 강성훈 씨는 요괴들과 직접적인 소통을 하지 않고 있다. 이 말씀이시죠?]

[안타깝게도 그것이 현실입니다.]

……아이고, 고맙습니다! 소리가 작아서 안 들린다는 건 아니었는데, 안방이 쩌렁쩌렁 울릴 정도로 키워 주셔서 정말 감사합니다! 덕분에 좋은 이야기 잘 들었네요!

실상, 그렇게 기분 좋은 이야기는 아니었지만.

왜 저런 이야기가 나왔는지는 모르겠지만, 내가 지금까지 했던 서류 정리라는 것 자체가 요괴들의 불만을 듣고 해결해 주기 위한 일이었으니까.

그런데 자기들 목소리에 귀를 기울여 줬으면 한다니.

그동안 내가 했던 노력을 모두 부정당한 것 같아 착잡한 기분이 든다.

그리고 그렇게 받아들인 건 나만이 아니었다.

“저, 저, 저것들이 알지도 못하고 지껄이는구나!”

어느새 가장 앞에 앉아 TV를 뚫어지게 보고 있는 랑이의 두 손은 호랑이의 두 발로 변해 있었고, 꼬리는 부풀어 오른 채 이미 바짝 서 있다.

저러다가 비싼 TV가 서울에 있었던 소파 꼴이 나지 않을까 걱정이군.

물론 그 옆에 앉아 있는 치이의 상태도 그다지 좋아 보이지는 않았다. 잘 보면 주먹을 꽈악 움켜쥐고 있는 게 보이거든.

“……오빠가 지금까지 얼마나 고생했는데 저게 무슨 소리야?”

지금 치이가 반말한 것 맞지?

평소보다 목소리 톤이 한 단계 내려간 거도 맞고?

“캬아아앙!! 우리 아빠 욕하는 애들 가만 안 둘 거야!”

내 옆에 앉아 있는 아야는 겨울이 가고 여름이 왔다고 생각할 정도로 열기를 내뿜고 있고.

“아, 내 정신 좀 봐. 휴대폰 꺼 놓고 켜 놓지를 않고 있었네. 성훈아, 나 잠깐 전화 좀 하고 올게.”

나래는 가슴골에서 핸드폰을 꺼낸 뒤 미소를 지으며 밖으로 나갔다.

그 등 뒤로 흉포한 곰이 포효하는 환상이 보이네요.

[난 선동과 날조로 승부하는 바보들 강등시키러 가 보겠음.]

페이는 등 뒤에 연기로 만든 칼을 둥둥 띄운 채로 요괴넷을 관리하기 위해 바로 자리에서 일어나 방을 나섰다.

"쯧, 일이 귀찮게 될 것 같구나."

"재미있게 됐다고 생각하시는 건 아니고요?"

냥이와 가희는 평소와 별반 달라진 게 없어 보인다.

가희야 언제나 웃는 가면을 쓰고 있고, 냥이는 나만 보면 얼굴을 찌푸리는 게 기본이니까요.

TV를 보고 있는데도 얼굴을 찌푸리고 있다는 게 좀 다르지만.

"엄마, 아빠 나쁜 사람이었어?"

"……아니요. 저들은 성훈을 이해하지 않고 말하고 있어요. 그래요. 성훈에 대해 이해하려는 그 어떤 노력도 하지 않고 제멋대로 평가하고 있네요."

성의 누나의 말투 자체는 평소와 같이 온화했지만, 머리카락 끝이 밖에 쌓여 있는 눈처럼 희게 변해 있었다.

가만히 있다가는 견우성과 지구의 랑데부가 일어날 것 같은 분위기라 뭐라도 해야 할 것 같지만.

[그럼 다시금 기자 회견 영상을 시청하시겠습니다.]

나는 일단 TV를 향해 고개를 돌렸다.

지금까지 TV에서 나눈 이야기의 화제는, 저 기자 회견에서 비롯된 것 같으니까.

화면 속에서는 단상을 앞에 두고 서 있는 한 명의 여성이 있었다.

허리까지 내려오는 피처럼 붉은 머리카락이 눈에 띄는 그녀는 기자 회견하고는 안 어울리는 화려하면서도 가슴팍이 노출된 드레스를 입고 양산을 쓰고 있었다.

그런데 가슴이 크다.

진짜 커.

나래와, 아니, 정미 누나와 비슷할 정도로 큰 것 같은데.

……아니, 내가 이럴 때가 아니지.

세희의 싸늘한 시선이 날아와 박히기 전에 정신을 차린 나는 가슴에, 아니, 화면에 집중했다.

그녀가 입을 열었다.

[전요협이라는 웃기지도 않는 이름의 협회장을 맡게 된 알리사르라 샤키 르비야라 한다. 나는 본디 세속과 연을 끊고 명이 다하여 하늘의 부름을 받을 날만 기다리며 지내 왔으나, 불우한 이들의 청을 좌시할 수 없어 이곳에 섰다. 이 또한 내 운명이라 여길 수밖에.]

유창한 한국어로 말한 알리사…… 알리사 시키야…….

어쨌든, 알 뭐시기 요괴의 목소리는 어딘가 속이 텅 비어 있는 듯한 느낌을 내게 주었다.

그렇다고 목소리에 힘이 없는 건 아니야.

텅 비어 있는 속을 무언가가 대신 채우고 있는 듯한 느낌?

내가 그런 생각을 하고 있을 때에도 발표는 계속되었다.

[너희 인간들에게 전하고 싶은 뜻은 한 가지. 모든 요괴들이 요괴의 왕의 뜻을 따르는 건 아니라는 것이다.]

기자 회견이 술렁거렸다.

[요괴의 왕은 인간과 요괴가 서로를 인정하고 이해하며 함께 살 수 있는 세상을 열기를 바란다. 나는 왕의 큰 뜻은 존중한다. 왕이라면 그 정도의 큰 뜻은 품을 수 있어야겠지. 하나, 모든 요괴가 요괴의 왕이 뜻하는 세상을 바라고 있는 것은 아니다.]

그녀가 숨을 돌린 뒤 미리 연습이라도 한 듯 유창하게 말을 이었다.

[너희 인간들과 달리 요괴의 삶은 그리 짧지 않다. 수천 년을 살아온 자들이 적지 않을 정도다. 그것이 무엇을 뜻하는지 이해하겠는가? 요괴는 인간과 단절된 세상 속에서 그 긴 세월 동안을 숨어 지내 왔다는 것이다. 자의는 아니었으나, 우리는 은둔자의 삶을 살고 있었다. 처음에는 반발이 심했지. 목숨을 걸고 대항한 자들이 있었고, 타인의 목숨을 취해서라도 복수를 원한 자들도 있었다. 그들은 자신의 뜻을 관철한 끝에 삶의 끝을 마주하였다. 결국 남은 자들은 현실을 받아들인 자들뿐이었지. 그것이 우리가 받아들여야 할 운명이라고. 먼 훗날, 선대 요괴의 왕인 호랑이가 요괴들의 세상을 다시 열 때까지 말이다. 하나 호랑이는 요괴의 왕의 자리에서 물러났고, 새로 왕의 자리에 오른 인간, 요괴의 왕 강성훈은 요괴만의 세상이 아닌, 인간과 요괴가 같은 하늘을 보며 살아가기를 원했다. 그리고 그리하였다. 스스로의 의지로 말이지.]

다시 한차례 숨을 고른 그녀가 말했다.

[전요협은 그 사실 자체를 문제 삼고 있지 않다. 왕에게는 그럴 만한 자격이 있으니. 그래서 왕의 뜻을 받아들이고 또한 기다렸다. 요괴의 왕이 어떠한 청사진을 보일 것인지. 어떠한 뜻을 품고 요괴를 세상으로 끌어냈는지. 반년이라는 짧지 않은 시간 동안 귀를 열어 놓고 기다렸다. 누가 뭐라 해도 하늘의 인정을 받은 우리들의 왕이지 않은가? 무엇보다 왕의 세력이 강대하기도 하고. 그러나 왕은 지난 반년 동안 그 어떠한 행보도 보이지 않았다. 그저 자신의 궁에 틀어박혀 있을 뿐. 이는 이 자리에 있는 모든 이들이 알 것이다. 요괴의 왕이 지난 반년간 어떠한 행보도 보이지 않고 자신의 궁에서 허송세월을 보내고 있었다는 것을. 이에 뜻 있는 요괴들은 자신들의 목소리를 높여 저 높은 곳에 있는 왕이 미천한 자들의 목소리에 귀 기울일 수 있는 자리를 마련하기로 했다. 인간들이 좋아하는, 이 기자 회견이라는 것을 통해서 말이다. 원치는 않았으나, 요괴들의 대표자가 된 나는 이 자리에서서 요괴의 왕에게 전한다. 요괴들은 인간과 같은 하늘을 바라보며 살기를 원하지 않는다. 과거와 같은, 인간과 단절된 삶을 살기를 원한다. 감히 미천하고 어리석은 것들이 왕의 큰 뜻을 모른다 생각하지 말아 주었으면 한다. 왜, 민심은 천심이라는 말도 있지 않은가? 요괴의 왕은 부디 백성들의 목소리에 귀 기울이기를 바란다. 그것이 하늘의 뜻을 따르는 자의 책임일 것이다.]

연설인지 고발인지 회견인지 도발인지 모를 **요괴**의 이야기가 끝이 났다.

그 후로 기자들의 질문 공세가 이어지는 장면이 잠깐 나왔다가 다시금 스튜디오로 화면이 돌아왔지만, 그런 것에 신경 쓸 상황이 아니었다.

요괴의 헛소리 덕분에 속에서 끓어오르는 열불을 가라앉히느라 노력해야 했으니까.

안방에는 나 혼자 있지 않다.

지금 이 순간에도 아이들이 나를 걱정과 불안이 가득한 눈빛으로 바라보고 있다.

표정 관리해야 해.

태연하게 행동해야 한다.

나는 이 집안의 가장이니까.

그런 의미로 주위에 손으로 잡을 게 없어서 다행이다. 있었다면 바로 집어서 88인치 TV에 던졌을 테니까.

“여기 있습니다.”

세희가 스윽, 하고 리모컨을 들이밀었다.

나는 리모컨을 잠시 바라본 뒤 고개를 들어 세희를 올려다보았다.

세희는 무표정한 얼굴로 내게 말했다.

“옛말에 스트레스는 만병의 근원이라 하였습니다, 주인님. 뒤처리는 제가 할 테니 이 자리에서 화끈하게 풀어 버리시지요.”

“아니, 됐고.”

딱 봐도 비싸 보이는 TV를 홧김에 박살 낼 정도로 내 금전 감각이 망가지지도 않았고, 이 녀석의 농담 아닌 농담에 화가 많이 가라앉았으니까.

무엇보다 그랬다가는 아이들이 놀라잖아?

"일단 넌 나하고 둘이서 이야기 좀 하자."

하지만 이 마음의 평온이 언제까지 갈지 모르는 일.

나는 잠시 자리를 피하기로 했다.

그동안 별의별 꼴을 보여 준 나래나 세희나 성의 누나라면 모를까, 아이들에게는 이미지 관리라는 걸 하고 싶으니까.

……많이 늦은 것 같습니다만, 바닥에는 바닥이 있는 법이라고!

"성훈아."

뭐, 이건 어디까지나 내 생각이고 랑이 입장에서는 다르게 받아들일 수밖에 없지.

또 혼자서 끌어안으려 한다고.

그렇기에 랑이는 조심스럽게 다가와 슬쩍 내 바지 끝자락을 잡고서 살짝 당기며 말했다.

"우리는 괜찮으니 이곳에서 같이 이야기하면 안 되겠느냐? 우리도 너의 힘이 되어 주고 싶으느니라."

여기서 다리에 힘주고 랑이를 뿌리치면 이야기로만 들어 봤던 고전 신파극의 한 장면을 연출할 수 있을 것 같군.

그랬다가는 냥이에게 반쯤 죽겠지만.

그건 별로 무섭…… 아니, 많이 무섭지만, 그것보다는 고개를 끄덕이는 치이와, 꼬리를 앞으로 가져와 만지작거리는 아야와, 성린을 쓰다듬으며 바라보고 있는 성의 누나를 불안하게 만들 것 같아서 못하겠다.

그래서 나는 잠시 자리에 쭈그려 앉아 랑이에게 말했다.

"잠깐 차가운 바람에 머리 좀 식히면서, 세희하고 이야기하려는 거니까 걱정하지 말고 방에 있어. 밖은 추우니까."

"성훈이하고 딱 달라붙어 있으면 하나도 안 추우니라!"

조금만 더 밀어붙이면 내가 넘어갈 거라 생각했는지, 랑이가 슬그머니 두 팔로 내 다리를 끌어안았다.

그러면서 랑이가 슬쩍 뒤를 돌아보자.

"바, 밥보보다 내가 더 따듯한걸!"

이때를 놓치지 않고 아야가 다른 쪽 다리를 끌어안았다.

너희 언제 그렇게 합이 딱 맞게 됐냐.

아니, 그보다 내가 어디 전쟁터라도 가냐?

잠깐 세희한테 따질 게, 실례, 물어볼 게 있는 것뿐인데.

그래도 랑이와 아야의 귀여운 모습에 여유를 되찾을 수 있었지만.

그래서 나는 치이를 바라보았다.

"아, 아우우우?"

내 시선에 주변을 두리번거리던 치이는 랑이와 아야와 시선을 마주쳤다.

랑이와 아야가 동시에 고개를 끄덕이자, 뭔가 각오를 다진 듯한 치이가 두 눈을 질끈 감고 두 팔을 벌리며 내 쪽으로 후

다닥 달려오며 말했다.

"저, 저도 따듯한 거예요오~!"

아무리 봐도 내 허리를 끌어안을 생각인 것 같다.

뭐.

"잠시 실례하겠습니다."

"꺄우우우!"

세희가 소맷자락을 한 번 펄럭이는 것으로 원래 앉아 있던 자리로 돌아가야 했지만.

그뿐일까.

"으냐앗?!"

"키이잉?!"

내 두 다리에 달라붙어 있던 랑이와 아야도 공중에서 두 바퀴 휭휭 돌더니 원래 있던 자리에 사뿐히 앉혀졌다.

살짝 어지러운지 머리를 흔드는 아야와 달리 랑이는 바로 정신을 차리고서 꼬리를 바짝 세우며 세희에게 외쳤다.

"갑자기 무슨 짓이느냐?!"

아니, 바짝 세웠던 꼬리를 이내 살랑거리며 눈을 반짝거리면서 말을 이었다.

"조금 재미있었지만!"

재미있었냐!

그 모습을 보며 세희가 낮은 한숨을 흘린 뒤 말했다.

"죄송합니다, 안주인님. 저 역시 주인님이 이곳에서 다른 분들과 함께 상황을 파악하고 어떻게 대처해야 할지 논하는 것이 가장 좋다는 것을 알고 있습니다만…….”

세희가 나를 바라보는 시선이, 마치 다음 권을 쓴다고 반년이 넘도록 방구석에 처박혀 있다가 갈갈이 찢은 원고지를 허공에 흩뿌리며 나오는 것으로 모자라 술병에 걸려 병원에 실려 간 아버지를 바라보는 어머니처럼 변했다.

"주인님께서 워낙 다른 분들이 함께 있으면 쉽게 정신이 산만해지시는 분이라, 지금은 저와 따로 대화를 나누는 것이 좋을 것 같아 무례를 범할 수밖에 없었습니다."

야, 그렇게 말할 건 없잖아.

"……."

"……."

"……."

침묵으로 수긍하지도 마라.

"확실히 성훈은 그런 면이 있어요."

"응, 나도 아빠 생각 읽다가 어지러울 때 많아!"

그렇다고 상냥하게 말씀하실 필요도 없습니다.

"쯧, 쯧. 그렇게 잡념이 많아서야 선도(仙道)를 걷는 자라 할 수 있겠느냐."

넌 더 나빠.

"그럼 가시지요."

"……그래."

지금은 상황이 상황이니만큼 군말 없이 넘어가겠지만.

*　*　*

그렇게 나는 오랜만의 마당 구석에서 세희와 단둘이 마주할 수 있었다.

"……춥네."

추위에 떨면서.

"저도 춥습니다."

여름철과 비교하면 달라진 건 손에 낀 장갑과 목에 두른 털…… 털목도리? 내가 아는 목도리와는 조금 다르지만 일단 목도리라고 하자.

목도리밖에 없으니까 추울 법도 하지.

"그러면 좀 따듯하게 입고 나오든가."

세희가 한심하다는 눈빛으로 나를 바라보았다.

왜.

뭐.

"그러면 내가 무슨 겉옷이라도 벗어서 줄 줄 알았냐?"

세희가 인상을 찌푸리며 말했다.

"3부도 시작했겠다, 한번 히로인처럼 굴어 봤습니다만 반응이 이래서야 글렀군요."

"헛소리 그만하고."

밖에 나온 지 얼마나 됐다고 벌써부터 춥냐. 서울보다 남쪽이고 뭐고, 역시 산속은 답이 없구나.

나는 조금이라도 빨리 따뜻한 안방으로 돌아가기 위해 세희에게 단도직입적으로 말했다.

"네가 꾸민 일이냐?"

"아닙니다."

거짓말은 아닌 것 같으니 다음 질문으로 가자.

"그러면 알고 있었어?"

"몰랐습니다."

"……어?"

당혹스러운 세희의 대답에 순간적으로 할 말을 잃었지만, 나는 정신을 부여잡고 다시 한번 물었다.

"몰랐다고? 네가? 천하의 강세희 님이? 내 주변에 일어나는 모든 사건 사고의 흑막이나 다름없는 네가아아아?"

세희가 지금 막 불어온 바람보다 차가운 시선으로 노려보며 말했다.

"주인님, 말 한마디에 천 냥 빚이 늘어난다는 말도 모르십니까?"

"그것 참 끝내주는 고리대금이네."

……지금 농담할 때가 아니지.

나는 머리를 흔들어 바보 같은 생각을 떨쳐 내고 세희에게 말했다.

"아니, 네가 몰랐다는 게 말이 안 되잖아."

세희가 지금까지 해 온 일들이 워낙 많아야지.

나는 세희가 수학의 4대 난제의 답을 알고 있다 해도 당연하다고 생각할 정도라고.

그런데 그 요괴들이 모여 전요협이라는 협회를 만들고, 기자들을 불러 기자 회견을 열고, 성명 발표까지 했는데 그걸 뉴스를 보기 전까지 몰랐다는 게 말이 되냐.

요괴들이 일을 꾸미고 있는 건 예전에 눈치챘는데, 다른 꿍꿍이가 있어서 못 본 척하고 넘어갔다고 생각하는 게 그럴싸하지.

그런 내 질문에 세희가 답했다.

"저라고 모든 것을 아는 것은 아닙니다. 알고 있는 것만 알고 있을 뿐이지요."

오랜만에 듣는 제대로 된 대답을 피하는 말이네.

"그러면 왜 몰랐는데? 너 나름대로 정보망이라든가, 그런 거 있잖아. 저렇게 일을 크게 벌였는데 그쪽을 통해서 이야기 같은 게 안 들어왔다는 게 말이 돼?"

"그렇다면 저도 묻고 싶습니다, 주인님."

"뭘."

"주인님께서는 요괴들을 관리하고 주시하는 곰의 일족의 수장이신 나래 님께서 이번 일을 모르고 계셨다는 건 말이 된다고 생각하십니까?"

……그러고 보니 그러네.

요괴들이 세상에 나와 살아가게 된 이후, 곰의 일족 누님들께서 얼마나 열심히 일을 하고 계신지는 나래를 통해 알고 있다.

정미 누나도 결국 인원 부족으로 다시 끌려 나와서 일하고 있다 들었고.

어쨌든, 그렇게 열심히 요괴들의 동향을 파악하고 있는 곰의 일족이 이번 일을 눈치채지 못했다는 것도 이상한 일이다.

할 말을 잃고 있자니 세희가 깊은 한숨을 내쉬며 말했다.

"저 역시 저를 본떠 만든 세희 Mk-32 인형들이 전 세계 및 다른 차원의 정보를 수집하고 있습니다만, 어째서인지 이번 일만은 눈치챌 수 없었습니다. 마치, 초월적인 존재가 이 모든 사건을 가려 주고 있었던 것처럼 말이죠."

걸고 싶은 딴죽은 많았다.

어느새 두 자리 수까지 갔냐.

다른 차원의 정보는 수집해서 뭐 하게?

하지만 지금은 그런 걸 물어볼 때가 아니지.

"그 말은, 네 눈을 피할 수 있을 정도의 대요괴가 이번 일에 개입했다는 거야?"

말을 하면서도 나는 TV에서 나온 그 요괴를 떠올렸다.

내가 지금까지 했던 모든 일들을 없던 것처럼 치부했던 망할 흡혈귀 말이지.

"제 눈을 속일 만큼 위험한 자가 개입했다는 것은 맞습니다만, 알리사르라 샤키 르비야는 아닙니다."

그리고 세희는 내 생각을 부정했다.

"그녀는 분명 대요괴라 불릴 자격이 있는 흡혈귀이나, 제 눈을 피할 재주가 있는 자는 아니니까요."

"혹시 모르잖아."

“그렇게 제가 못 미더우신 겁니까?”

세희가 살짝 서운해하는 기색을 내비쳤다.

나는 눈을 가늘게 뜨는 것으로 대답해 줬다.

“하.”

세희가 허탈한 듯 소리를 내고서는 어깨를 으쓱하며 말했다.

“이래서 검은 머리 동물은 거두는 게 아니라더니.”

저 거둔다는 말을 어떻게 해석하느냐에 따라 랑이를 만나지 못했을 가능성도 있기에 나는 화제를 돌리기로 했다.

……생각해 보니 지금 이렇게 농담 따먹기 할 때가 아니기도 하고.

“뭐, 그렇다는 건 다른 요괴라는 거야?”

“요괴…… 라면 좋겠군요.”

“그렇다면 신선들?”

“그들은 아닐 겁니다. 신선들이 움직이면 그 역겨운 냄새가 나는 법이니까요.”

나는 슬슬 냉기가 엄습하는 양발을 번갈아 움직이며 말했다.

“……말 돌리는 건 슬슬 그만하면 안 되냐? 발 시린데.”

“그렇게 추위를 많이 타서야 군대에서 어떻게 버티실 생각이십니까.”

이, 이 자식이. 대답하기 곤란한 말을.

그래서 나는 침묵을 지키며 먼 산을 바라보았고, 세희는 낮은 한숨을 쉬고서는 말했다.

“젊을 때 고생은 사서도 한다고, 스무 살이 되시면 바로 보내 드리겠습니다."

입 다물고 있을 때가 아니었다!

"그건 나중에 생각하고, 지금 상황에서 짐작 가는 게 있으면 말해 봐."

소매에서 뭔가 불길해 보이는 봉투를 하나 꺼내려던 세희는 이내 고개를 끄덕이고는 내게 말했다.

"이번 일은 아마도 하늘이 관계되어 있을 것입니다."

"……하늘?"

"확신할 수는 없으나, 제 눈을 이렇게 감쪽같이 속일 수 있는 것은 하늘 정도밖에 없으니 말이죠."

아니, 잠깐만.

여기서 왜 하늘이 튀어나와?

"하늘은 나한테 호의적인 입장이잖아."

저승에서도 나를 인정해 줬고, 지금까지도 나를 은근히 편들어 주는 느낌이었다.

그런데 나를 엿 먹인, 아니, 곤란하게 만든 녀석들의 뒤를 봐줬다고?

내 의문에 세희가 답했다.

"그렇습니다."

너무나 깔끔하게 말이죠.

"그러면 앞뒤가 안 맞는데."

"앞뒤가 다르다면 어떻습니까?"

"그건 또 무슨 소리야?"

"세상에 음과 양이 있듯이."
세희가 말했다.
"하늘에도 밤과 낮이 있다는 것이지요."
그 순간.

"드, 들켜 버렸어."

어딘가 음침한 목소리가 들리는 것과 동시에.
밤이 내려앉았다.
태양이 비추고 있던 자리를 초승달이 대신하며 적막이 세상을 감싸 안았다. 달빛을 받아 반짝이는 별들이 그 주위를 수놓았고, 뼈를 아리는 추위가 온몸을 엄습해 왔다.
겨울밤.
겨울밤이 찾아온 거다.
단 한 명의 소녀와 함께.
낮과 밤을 비튼 소녀가 조심스럽게 손을 들어 올리며 내게 말했다.
"아, 안녕."
그런 소녀를 한마디로 표현한다면, 어두웠다.
길고 긴 검은색 머리카락 사이사이에 뿌려 놓은 반짝이는 별 가루나, 앞머리에 단 초승달 모양의 머리핀으로도 어떻게 이미지를 바꾸지 못할 정도로 어두웠다.
아마도 소녀가 어두워 보이는 건 눈 밑의 퀭한 다크서클이 가장 큰 이유가 아닐까 싶다. 그다음으로는 머리핀이 제 능력을 발휘하지 못해서 머리카락이 한쪽 눈을 가리고 있기 때문이고. 마지막으로 입고 있는 옷이 검은색 일색이어서 그렇겠지.

그런데 이상하게도 나는 소녀가 머리를 단정하게 빗고, 충분한 수면을 취하고, 하늘하늘한 흰색 원피스를 입어도 별로 달라지는 일은 없을 것 같다는 생각이 들었다.

뭐랄까, 소녀가 풍기는 어두운 분위기는 그런 외적인 요소와는 전혀 관계가 없…….

"주인님."

아.

어느새 내 옆에 다가온 세희의 말에 정신이 번쩍 들었지만, 이미 늦어 버렸다.

소녀는 갈 곳 없는 손을 쥐었다 피며 민망해하고 있었으니까.

얘가 누군지는 몰라도 인사를 해 줬는데 안 받아 주고 뭘 하고 있었냐, 난!

"아, 미안해. 너무 갑작스러워서……."

내가 채 말을 잇지 못한 건.

"여, 역시…… 인사 같은 건, 나한테는 안 어울려. 흐, 흐흐. 태어나서 죄송합니다, 인싸의 왕에게 인사해서 죄송합니다. 살아 있어서 죄송합니다."

고개를 푹 숙인 소녀가 중얼거리고 있는 소리를 들었기 때문이다.

"저기, 괜찮아?"

랑이가 방에서 뛰쳐나오지도 않았고 세희가 친 결계가 깨진 것도 아니니 나쁜 애는 아닐 텐데 갑자기 미안해지네.

"주제 파악도 못하고 나대서 죄송합니다. 이런 성격이라서 죄송합니다. 잘못했습니다. 앞으로는 조심하겠습니다."

안 되겠다, 이 녀석.

자기만의 세상에 빠져서 헤어 나오지 못하고 있어.

이 녀석을 어찌해야 할지 고민하고 있을 때.

"밤하늘 님."

세희가 소녀를 밤하늘이라고 부르며 말을 걸었다.

"어, 어?"

이름이 밤하늘이 맞는지 소녀는 어깨를 움찔 떨고서는 고개를 들어 세희를 바라보려다가 다시 숙이고서는 자신감 없는 목소리로 말했다.

"나, 나 부른 거야?"

그리고 나는 놀라운 장면을 보게 되었다.

"요괴의 왕이 밤하늘 님께 무례를 범한 것은 제가 대신 사과드리겠습니다. 아직 어리고 세상 물정에 무지한 자니 부디 가엽게 여겨 주셨으면 합니다."

세희가.

그 누구도 아닌 강세희가!

밤하늘이라는 소녀에게 깊이 허리를 굽히며 공손하게 사과를 한 거다!

지금까지 이런 일은 본 적이 없기에 나는 입이 떡 벌어졌다.
"괘, 괘, 괜찮아!"
그리고 놀란 건 나뿐만이 아니었다.
밤하늘은 화들짝 놀라서는 두 팔을 휘저으며 당황한 목소리로 말했다.
"이, 인싸의 왕은 그, 그래도 돼. 아, 아니, 그, 그래 줘야 해. 그, 그래야만 되, 되는 거야."
"밤하늘 님의 넓은 아량에 감사드립니다."
상황 판단이 느린 나도 이쯤 되면 알 수가 있다.
저 밤하늘이라는 소녀가 세희가 고개를 숙일 정도로 힘 있는 요괴…….
잠깐만, 잠깐만, 잠깐만!
갑작스러워서 생각을 못 했는데 지금 저 애 이름이 밤하늘이라고 했지?
밤하늘.
거기다 세희가 하늘에도 낮과 밤이 있다는 이야기를 하고 있을 때, 들켜 버렸다는 말을 하면서 나왔지?
그렇다는 건…….

재가 그 말로만 듣던 하늘이냐아아아아?!

세희가 공손하게 굴 만하네!!

나는 큰일 날 짓을 해 버렸고!!

"죄송합니다아아아!"

지금 꼿꼿하게 허리를 펴고 있을 때가 아니라는 것을 깨달은 나는 재빨리 땅 위에 네 발로 엎드리며 외쳤다.

"하, 하지 마."

그때.

밤하늘의 당혹스러워하는 목소리와 함께 밤이 내 쪽으로 찾아왔다.

밤하늘을 둘러싸고 있는 밤이 내 쪽으로 뻗어져 나와 억지로 나를 일으켜 세운 거다.

물론, 반항 같은 것은 할 수 없었습니다.

밤은 머리 위로 올라간 내 팔을 내리고 굽혀진 두 다리를 쭈욱 펴게 만들고서…….

손가락?

그래, 손가락으로밖에 안 보이는 걸 좌우로 흔들고서는 밤하늘에게 돌아갔다.

"나, 나한테, 그, 그런 거 하지 마. 그, 그, 그런 거, 익숙하지 아, 않은 거야."

나는 침을 꿀꺽 삼키고 밤하늘에게 조심스럽게 말했다.

"그, 그래?"

조심스럽게 말하긴 뭐가 조심스럽게냐! 이게 아니잖아!

"아니, 그렇습니까?"

그리고 밤하늘은 한쪽 손을 펴서 격렬하게 휘저으며 말했다.

"펴, 평소에, 평소에 하는 것처럼 마, 말해 줬으면 조, 좋겠어."

나는 그 말에 세희를 바라보았다.

세희가 조용히 고개를 끄덕였다.

음.

하늘이 나를 좋게 봐줘서 그런 건지, 아니면 하늘이 나를 인정해 줘서 그런 건지 밤하늘도 나를 꽤 좋게 생각해 주고 있는 것 같다.

하늘과 밤하늘이 뭐가 어떻게 다른 건지는 잘 모르겠지만.

어쨌든 중요한 건 그게 아니겠어?

그렇다면.

"아, 그래도 돼? 고마워. 나도 이렇게 말하는 게 편하거든."

세희가 인상을 찌푸리는 게 보였지만, 그래서 뭐 어쩌라고?

나는 염라 앞에서도 이랬는데.

"여, 여, 역시 인싸의 왕…… 수, 순식간에 말을 노, 놓아 버린 거야……."

밤하늘은 내 태도 변화에 상당히 감탄한 것 같다.

기분 탓인지 주위에 두르고 있는 밤도 품고 있는 별빛을 은하수처럼 반짝이며 고개를 끄덕인 것 같고.

아니, 음, 뭐.

사실 요괴들이 숭배하다시피 하는 하늘, 아니, 밤하늘을 이 정도로 편하게 대할 수 있다는 게 나 자신도 좀 어이없긴 한데 말이죠.

지금까지 겪었던 많은 경험들이 나를 강하게 만들었습니다.
아무리 상대가 요괴들이 따르는 밤하늘이라 해도 어린애의 모습을 하고 있으면 말을 놓는 것 정도야 쉽죠.
그보다 내 입장에서는 밤하늘이 왜 자꾸 나를 인싸의 왕이라고 부르는지, 그리고 전요협의 활동을 지금까지 숨겨 주고서 기자 회견이 끝나자마자 나를 찾아왔는지.
그 두 가지가 더 신경 쓰인다.
그래서 나는 그 점을 물어보기로 했다.
"그, 그런데 말이야. 지금 자, 잠깐 시간 괘, 괜찮아?"
그전에 밤하늘이 먼저 말했지만.
나는 일부러 뒤통수를 긁적이며 밤하늘에게 말하려 했다.
"두 분께서 대화를 나누시는 중에 죄송합니다만, 밤하늘 님께 드리고 싶은 말씀이 있습니다."
이번에는 세희가 먼저 말했지만요!
저기, 나 언제쯤 말할 수 있나요?
"으, 응? 뭐, 뭐, 뭔데?"
세희가 정말 공손히, 차분한 목소리로 밤하늘에게 말했다.
"날이 춥습니다, 밤하늘 님. 비록 밤하늘 님의 거처와 비교하면 누추한 곳일 터이지만 따듯한 곳으로 가셔서 다과와 함께 이야기를 나누시는 것은 어떻겠습니까?"
하지만 나는 볼 수 있었다.
세희의 표정이 평소보다 굳어 있다는 걸.
"시, 싫어. 나, 남의 집은 불편한걸. 내, 내 집이 좋아. 호,

홈, 스위티 마이 홈인 거야.”

밤하늘은 난색을 표하는 것으로 끝나지 않고 밤을 꽈악 끌어안으며 세희의 제안을 거절했다.

그러는 도중 허리가 모래시계의 중간 부분처럼 잘록하게 변해버린 밤이 꿈틀거리면서 밤하늘의 손을 탁탁 두드렸지만, 아무래도 놓아줄 생각이 없어 보인다.

……갑자기 밤에게 감정 이입이 되는데, 왜 그런 걸까요.

하지만 지금 그런 걸 생각하고 있을 때가 아니겠지.

아무래도 밤하늘은 나를 어디론가 데려가서 이야기를 하고 싶어 하는 것 같으니까.

세희는 그 의중을 나보다 먼저 깨달아서 선수를 친 거고.

발끝이 얼어서 슬슬 다른 사람의 눈치 안 보고 탭 댄스를 추고 싶어지는 나로서는 빨리 어디든지 갔으면 좋겠지만.

그래서 나는 말했다.

“너무 그렇게 어려워할 필요 없어. 정 그러면 비어 있는 방도 있으니까…….”

하지만 밤하늘은 여전히 밤을 꽈아아아악 끌어안은 채 격하게 고개를 저었다.

“그, 그, 그래도 불편한 거, 거야.”

……그래. 안다. 남의 집은 불편한 법이지.

그래도 마음을 독하게 먹자.

이대로 있다가는 내 쪽으로 손 같은 걸 뻗으며 구조 신호를 보내고 있는 밤이 추욱 늘어져 버릴 것 같으니까.

"나, 계속 밖에 있으면 감기 걸릴 것 같은데."

내 말에 밤하늘이 깜짝 놀라서는 밤을 놓아준 뒤.

추욱 늘어져서는 겨우 숨을 돌리고 있는 것처럼 보이는 밤을 목에 둘둘 말아 걸쳤다.

밤의 소리 없는 비명이 들리는 것 같은 내게 밤하늘이 말했다.

"그, 그러면 아, 안 돼. 크, 큰일인 거야. 인싸의 와, 왕을 자, 자, 잠깐 빌려 가, 갈게."

아니, 잠깐만.

그런 의도로 한 말이 아니었는데.

"……그러시지요."

세희의 눈매가 예리해졌다!

넌 왜 갑자기 나서서 일을 그르치냐는 힐난이 가득 담긴 시선이야, 저건!

나라고 일이 이렇게 될 줄 알았겠냐?!

"아니, 난 안 괜찮은데?! 나도 홈 스위트 마이 홈이라고!"

내 말에 밤에 가려진 밤하늘이 살짝 웃은 듯한 느낌이 들었지만, 그보다 나는 눈앞의 수라(修羅)상처럼 변한 세희에게 더 시선이 갔다.

"걱정하실 것 없습니다, 주인님. 주인님께선 어디에 가든지 잘 적응하시는 분 아니십니까?"

왜 내 귀에는 집 떠나면 개고생이라는 것도 모르는 너는 더 고생을 해야 한다고 들리는 걸까.

"무엇보다 밤하늘 님의 거처이니만큼, 주인님의 안전은 걱정하실 것 없습니다. 주인님께서는 밤하늘 님께도 중요한 인물이 되셨으니까요."

밤하늘이 세희의 말을 듣고는 뭔가 깨달았는지 어깨를 움찔 떨고서는 고개를 끄덕이며 말했다.

"절대로 위, 위험한 일 없는 거야. 이, 인싸의 왕은 요괴의 와, 왕인걸. 그러, 그런 일 생기면 나, 나도 곤란한 거야."

조금은 마음이 편안해졌다.

무, 무서워서 그런 게 아니야! 우리 집 아이들을 생각해서 그런 거라고! 내가 잘못되면 아이들이 슬퍼할 게 뻔히 보이는데 조심 안 할 수 있겠냐고!

……애초에 그걸 알고 있는 세희가 날 데려가도 괜찮다는 말을 했다는 시점에서 깨달을 수 있는 일이지만.

"어휴……."

나는 깊은 한숨을 쉬었다.

좋게 생각하자, 좋게.

말했듯이 나도 밤하늘과 할 이야기가 있으니까.

단지 이야기를 나누는 장소가 변했을 뿐이다.

나는 마음을 다잡고 세희에게 말했다.

"아이들한테는 잘 이야기해 줘."

"걱정하실 것 없습니다."

……한쪽 입꼬리만 올리지 마라.

…………아니, 그렇다고 양쪽 다 올리지 마.

나는 호러 영화에서나 나올 법한 귀신이 된 세희에게서 고개를 돌려 조용히 배웅이 끝나기를 기다리고 있던 밤하늘에게 말했다.

"그래서 네 방에는 어떻게 갈 거야?"

"그, 그건……."

밤하늘이 말했다.

"이, 이렇게 가는 거야."

손가락을 튕기면서.

그 순간.

"어?"

갑자기 발밑이 허전해져서 나는 아래를 바라보았다.

하하하, 이것 참.

이건 상상 못 했다.

내가 만화에서 비밀 조직의 보스가 자신을 실망시킨 간부를 처형할 때나 쓸 만한 구멍에 빠지는 경험을 해 볼 거라고 누가 상상할 수 있겠어?!

"우와아아앗?!"

그렇게 나는 구멍으로 떨어졌다.

두 번째 이야기

불안했다.

만화에서는 구멍 아래가 어떻게 되어 있는지 나오는 경우가 거의 없었으니까.

그래서 별 충격 없이 푹신한 쿠션 위에 떨어졌을 때는 안심할 수 있었다.

하긴, 대화를 하자고 반쯤은 강제로 끌고 왔는데 내 엉덩이를 박살 낼 생각은 없었겠지.

마음의 평온이 찾아오자 나는 주위를 둘러보았다.

밤하늘의 방은 작았다.

내 방보다 훨씬.

어느 정도냐면, 만약 침대가 들어온다면 남는 공간이 거의 없을 정도로 작다.

그런 작은 방의 두 면은 책장이 차지하고 있고, 다른 한쪽은 벽걸이용 옷걸이가 있다. 옷걸이에는 어두운 색 계열의 옷들이 대충 걸려 있네.

책장 앞쪽에는 아침에 일어나 발로 대충 접은 듯한 이불이 달팽이처럼 있고.

내가 쿠션이라고 생각했던 게, 이불 위였다는 건 일단 넘어가고.

나머지 벽면에는 컴퓨터 책상과 소형 냉장고, 그리고 커피포트와 종이컵 다발과 휴지 같은 것들이 있다.

천장에는 별과 달을 본 딴 등이 빛나고 있다.

……그런데 말이지.

왜 이 방에는 문이 없냐. 화장실 가고 싶을 때는 어떻게 해? 밤하늘은 화장실 같은 건 가지 않습니다, 야?

뭐, 그럴 수도 있겠지.

겉으로 보이는 게 전부라는 세희의 교육 때문에 지금까지 별말은 안 했지만, 밤하늘은 여자애라고 생각하는 게 이상한 존재다.

세희는 밤하늘을 하늘의 뒷면이라고 이야기했으니까.

그런 녀석한테 문 같은 건 필요 없겠지.

"……미안. 조금 늦은 거야."

지금처럼 갑자기 나타날 수 있을 테니까.

음? 그런데 말을 안 더듬네? 자기 방에 와서 그런가?

심리적인 안정감? 뭐, 그런 거야?

내가 잠시 당황하고 있는 동안 밤하늘은 조금 전에 내가 떨어진 것 같은 구멍에서 내려와 컴퓨터 책상 앞의 의자에 앉았다.

그와 동시에 조명이 환하게 켜져 있음에도 밤하늘 주변만은 어두워졌다.

저건 체질 같은 건가.

마치 성의 누나의 곁에 다가가면 한겨울임에도 봄기운을 물씬 느낄 수 있는 것처럼 말이야.

그건 그렇고.

내가 잠깐 그 현상에 정신이 팔려 있는 동안.

"완전 지쳤어……."

어딘가 피곤해 보이고 지쳐 보이는 밤하늘은 의자에 앉자마자 손님이나 다름없는 나는 신경 안 쓰고 몸을 돌려 컴퓨터 책상에 두 팔을 쭈욱 펴며 엎드려 버렸다.

그 모습을 보며 등 뒤에 있던 밤이 고개를 절레절레 흔들었고.

뭐지, 이건.

내가 갑자기 아야가 된 기분인데.

저기요~ 여기 사람 있어요~ 할 이야기가 있다고 데려왔으면 그러시면 안 되죠~

그런 내 생각을 읽었다는 듯, 밤하늘이 반쯤 죽어 가는 목소리로 말했다.

여전히 책상에 엎드려 있는 채로.

"잠깐만…… 나, 지금 완전 방전됐으니까 충전 좀 하고서 이야기하는 거야……."

밤하늘의 상태는 상당히 안 좋아 보였다.

나 같은 반인반선이 걱정할 만한 상대가 아닌 것 같지만, 제가 좀 오지랖이 넓어서요.

"왜 그래? 어디 안 좋냐?"

"괜찮아…… 좀 무리한 것뿐인 거야……."

무리?

나를 이곳에 데려오는 게 그렇게 힘든 일이었나? 아니면 나를 먼저 이곳에 보낸 다음에 우리 집에서 무슨 일이라도 있었어?

혹시 마음이 바뀐 세희와 한바탕했다거나?

밤하늘에게 물어보고 싶었지만, 어둠이 내려앉아 있는 그 등이 너무나 작게 보였기에 그만두기로 했다.

조금 쉬고 나면 이야기해 주겠지.

그렇게 30분이 흘렀다.

밤하늘은 여전히 책상에 엎드려 있다. 아예 밤을 베개 대용으로 사용하면서.

왠지 밤하늘에게서 잠들었을 때나 나올 법한 고른 숨소리가 들려오는 것 같은데, 기분 탓이겠지.

등이 들락날락하는 것처럼 보여도 내 눈이 잘못된 거일 거야. 밤이 모든 걸 포기한 것처럼 추욱 늘어져 있는 것도 말이지.

상식이라는 게 있다면, 할 이야기가 있다고 다른 사람을 끌고 온 다음에 혼자 내버려 두고서 멋대로 잠드는 짓은 할

리가 없으니까.

상식이 있다면 말이지.

"……야, 자냐?"

그래서 나는 밤하늘에게 말을 걸어 보았다.

이상하게 내 주변에는 나를 포함해서 일반 상식과 거리가 먼 녀석들이 많거든.

그래도 난 지금까지 기다려 준 것만으로도 할 도리를 다 했다?

"코오~."

밤하늘은 다시금 고른 숨소리로 보답을 해 주었다.

설마 했는데 진짜 자는 거냐.

나는 어이가 없어서 읽고 있던 '성격을 바꾸는 10가지 습관'이라는 책을 덮었다.

아, 이거요? 시간 때우기 용으로 책장에서 골랐습니다.

……내가 읽을 법한 책이 아니었지만 선택의 여지가 없었다.

책장에 있는 책들이 모두 다 이런 부류의 책이었으니까.

예를 들어, '나를 성장시켜 주는 습관'이라든가.

'사교적인 사람들의 10가지 법칙'이라든가.

'위대한 인간관계론' 같은 거.

책장에 책이 이렇게 많은데 만화책 한 권 없는 게 말이 되냐고.

아니, 지금 남의 독서 취향에 대해서 따질 때가 아니지.

이 이상 시간 낭비를 할 수는 없기에 나는 이불 위에서 일어나 밤하늘에게 다가갔다.

그러자 배게 대용으로 쓰이고 있던 밤이 밤하늘에게 무슨 짓이라도 하면 가만 안 두겠다는 듯이 몸을 부풀렸고, 자연스럽게 주변이 확 어두워졌다.

그 어둠 속에서 밤하늘이 잠들어 있었다.

침까지 흘려 가면서.

……나, 지금 화내도 되는 거지?

할 말 있다고 사람을 데려온 다음에 아무렇게나 방치해 두고 낮잠을 자는 녀석한테 화를 안 내면 바보 맞지?

하지만 나는 내면의 억눌려 있던 성격 나쁜 자신이 깨어나는 걸, 조금 전에 읽었던 자기계발서에 적혀 있던 '대화를 나눌 때는 상대방의 입장을 고려하며 말하자.'라는 문구로 억누르기로 했다.

밤하늘은 아무리 겉모습이 어린 소녀 같다고 해도 하늘이니까.

괜히 위험한 다리를 건널 필요는 없지.

그래서 나는 적당히 타협하기로 결정한 뒤.

먼저 밤에게 보란 듯이 손가락으로 밤하늘의 어깨를 가리켰다.

이 정도는 괜찮겠죠?

밤이 주위에 떠있는 별을 모아 'OK! GO!' 라고 썼기에 나는 밤하늘의 어깨를 잡아 살짝 흔들며 말했다.

"피곤한 건 알겠는데 이제 슬슬 일어나라. 벌써 30분이나 지났다."

밤하늘이 고개를 반대쪽으로 돌렸다.

일어날 생각이 없어 보인다.

음.

나는 조금 더 강하게 밤하늘의 어깨를 흔들며 말했다.

“슬슬 일어나. 이러다가 밤에 잠 못 잔다.”

“으…… 조금만 더…….”

“나하고 할 이야기 있다고 했잖아.”

“미…… 안. 그래도 어쩔 수 없는 거야…….”

몸을 웅크리며 잠기운에 취한 목소리로 대답하는 밤하늘을 보니 조금 마음이 약해지는군.

“뭐가 어쩔 수 없는데?”

“아직…… 졸리거든은…….”

장하다, 이 자식아.

“30분이면 많이 잤잖아. 슬슬 일어나.”

나도 이 이상 시간을 낭비하고 싶진 않으니까.

다른 일이라면 모를까, 단순히 졸리다는 이유로 이런 독방에서 멍하니 있을 수는 없다.

무엇보다 화장실에 가고 싶어지면 곤란하다고!

지금은 괜찮지만!

정말 괜찮습니다!

추운 곳에서 따듯한 곳으로 왔지만 괜찮다고요!

하지만 밤하늘은 인상을 찌푸리며 푹 잠긴 목소리로 말했다.

“으…… 나중…… 에.”

제 인내심은 여기까지인 것 같습니다!

나는 두 손으로 밤하늘의 어깨를 잡아 강제로 일으켜 세우며 외쳤다.

"일어나, 이 자식아! 나 화장……."

그 순간.

"깨우…… 지 마."

밤하늘을 감싸고 있던 밤이 내 얼굴을 휘감았다.

"읍?!"

보이는 것이라곤 별로 만든 'NG' 라는 글자뿐인 어둠 속에서.

"인싸의 왕도…… 잠깐 자는…… 거야."

밤하늘의 나른한 목소리가 들리자 갑자기 졸음이 쏟아져 왔다.

뭐, 뭐지? 왜 갑자기 이렇게 졸려?

설마, 밤하늘의 말 한마디에 잠이 오는 거야? 겨우 말 한마디에?

이래도 되는 거냐? 나도 그동안 놀고 지낸 것도 아닌데?

조금이라도 저항할 수 있어야 하는 거 아니야?

"제, 젠장……."

하지만 억울한 마음은 내 의식이 끊기는 걸 막을 수 없었다.

제발, 일어났을 때 큰일이 일어나지 않았기를!!

* * *

아주 살짝 정신이 돌아왔을 때, 나는 내 몸을 덮고 있는 따듯한 이불의 감촉을 느낄 수 있었다.

아, 그렇구나.

나도 모르게 집에서 일을 하다가 잠에 들었나 보다. 그런 날 안쓰럽게 생각한 세희가 이대로 자면 몸이 상한다고 이불 속에 눕혀 줬…… 을 리가 없죠!!

나는 남아 있는 잠기운을 억지로 내쫓고 번쩍 눈을 뜨고 일어났다.

이불이 아래로 내려가는 게 조금 아쉽기는 했지만!

따듯한 공기가 새어 나가는 게 아깝기는 했지만!

지금이라도 이불을 어깨 위까지 끌어 올리고 싶었지만!

“아, 일어난 거야?”

옆에서 태연하게 딸기 쇼트케이크를 먹으며 휴대폰을 내려다보고 있는 밤하늘을 보고 참았다.

“많이 피곤했나 봐, 인싸의 왕. 정신없이 자고.”

“네가 할 소리냐?!”

참을 수 없었습니다.

“히얏?!”

내 괴성과 같은 외침에 밤하늘이 어깨를 움찔 떨며 귀여운 비명을 질렀다.

덕분에 포크의 케이크가 옷에 떨어진 건 덤.

다행인 건 내가 잠들어 있는 사이에 밤하늘이 편해 보이는 옷으로 갈아입었다는 점일까.

“가, 갑자기 왜 소, 소리를 지르는 거, 거야?”

"……미안."

내가 순순히 사과하자 밤하늘은 후우, 한숨을 쉬고 내 눈치를 잠시 살핀 뒤.

살그머니 옷에 떨어진 케이크를 손으로 집어 먹었다. 그것뿐만이 아니라 크림이 묻은 손을 쪽쪽 빨고는 옷에다 쓱쓱 닦는데…….

그 모습을 뒤에서 보고 있던 밤이 몸을 좌우로 흔들었다.

이것 참, 나도 가만히 보고 있기가 참 그러네.

"옷 더러워진다."

그래서 난 따스한 이불 속에서 벗어나 선반에 있는 휴지를 둘둘 말아 뜯어서 밤하늘에게 건네줬다.

이미 많이 늦은 것 같지만.

밤하늘은 내게서 휴지를 받아 들어 손가락과 옷을 대충 닦으며 말했다.

"괜찮아, 이거. 실내복인걸."

"그래도 그렇지."

"인싸의 왕은 오지랖이 너무 넓은 것 같아. 자기 할 일부터 하는 게 더 좋아 보이는 거야."

어이쿠, 호의를 베풀었더니 충고가 돌아왔네.

"그건 내가 알아서 할 거고."

나는 일부러 인상을 살짝 찌푸리며 말했다.

"말은 이제 안 더듬네?"

머리카락이 가리고 있는 밤하늘의 볼이 살짝 붉어졌다.

自宅警備員

"그, 그건 그런 거야. 밖에 나가면 기, 긴장을 많이 해서 나도 모르게 더듬는 거니까."

"여기서는 괜찮고?"

밤하늘이 고개를 끄덕이며 남은 케이크를 포크로 콕 찔렀다.

"완전 괜찮은 거야."

나는 별빛이 반짝이는 밤을 두르고 케이크를 먹으며 행복해하는 밤하늘을 보며 인터넷에서 본 신종어를 떠올렸다.

방구석 여포라고.

밤하늘이 그런 애는 아닌 것 같지만.

그냥 조금 마음이 편안해질 뿐이겠지.

"그런데."

입 주위에 크림을 뭉텅이로 묻힌 채 밤하늘이 내게 말을 걸었다.

"인싸의 왕 거도 있는데 같이 먹을래?"

테이블 위에는 접시도 한 개, 포크도 한 개, 쇼트케이크는 반쪽밖에 없었다.

나는 밤하늘을 보았다.

밤하늘이 말했다.

"냉장고에 있는 거야."

아, 그러냐.

하지만 지금 나는 달콤한 케이크보다 더 중요한 게 있다.

"아니, 그것보다."

밤하늘이 어깨를 추욱 떨어뜨리며 말했다.

"유명한 곳에서 한 시간이나 기다렸는데……."

그건 좀 대단한데.

첫 번째로, 저 성격에 밖에서 한 시간이나 줄을 섰다는 것.

두 번째로, 밤하늘이라는 초월적인 녀석이 다른 수를 안 썼다는 점에서 말이야.

그런 면에서 나쁜 아이는 아닌 것 같다.

밤'하늘'이지만!

다시 말하지만, 겉모습이 어린애면 아이로 대하고 마는 게 습관이 되어 있어서 말이죠!

나는 밤하늘에 대한 경계를 조금은 풀며, 밤에게 어깨를 토닥토닥 받으며 위로받고 있는 위대한 존재에게 말했다.

"안 먹겠다는 건 아니고, 그 전에 물어볼 게 있어서 말이다."

"알고 있는 거야. 인싸의 왕이 나한테 물어보고 싶은 게 한두 가지가 아니라는 거는."

그래.

많지.

그리고 그중 가장 중요한 점을, 나는 밤하늘에게 물었다.

"……화장실은 어떻게 가야 하냐."

슬슬 한계입니다.

<사생활 보호를 위해 잠시만 기다려 주세요.>

밤하늘이 만들어 준 구멍을 통해 공중화장실에 다녀온 후.

나는 다시 구멍을 통해 방으로 돌아와 내 몫의 딸기 쇼트케이크를 사이에 두고 밤하늘과 마주했다.

조금 허무한 표정으로 앉아 있는 밤하늘과 등 뒤에서 절레절레 몸을 몸을 흔들고 있는 밤을 말이지.

"……."

"생리 현상인데 어쩔 수 없잖아."

"이해하는 거야……."

표정만 보면 전혀 이해 못 하고 계신 것 같습니다만.

밤하늘이 나를, 아니, 정확히 말하면 내 손을 빤히 바라보며 말했다.

"손은 제대로 씻은 거야? 더러운 손으로 음식 먹으면 병나는 거야."

"제대로 씻었으니까 걱정하지 마라."

아니, 잠깐만.

"그보다 네가 할 말은 아니지 않냐? 아까만 해도 크림 묻은 거 빨아 먹고 옷에다 닦은 녀석이."

"인싸의 왕은 안 되지만 나는 그래도 되는 거야."

그래, 여기는 네 방이니까.

왜, 자기 집에서는 바닥에 음식이 떨어져도 아무렇지 않게 주워 먹곤 하잖아?

……아니, 그런 이야기가 아닌가.

자기는 인간을 초월한 존재니까 병 같은 건 안 걸린다고 이해하는 게 맞겠구나.

"뭐, 그래서 말인데."

나는 바보 같은 생각에서 벗어나기 위해 밤하늘에게 말했다.

"그놈의 인싸의 왕이라는 말 좀 그만하면 안 되냐? 듣기 불편한데 말이야."

밤하늘이 깜짝 놀라서 두 눈을 동그랗게 뜨며 나를 바라보자 그에 반응하듯 밤이 품고 있는 별들이 격하게 깜빡였다.

"진심인 거야?"

"진심이다."

"그렇게 싫은 거야?"

"싫은 거다."

"……알았어."

밤하늘이 포크로 쇼트케이크의 꽃인 딸기를 콕 찍으며 말했다.

"그러면 인싸?"

전혀 달라지지 않았다.

"그냥 성훈이라고 하면 되잖아."

"그건 곤란한 거야."

흠? 왜 그러지? 이름을 부르는 게 그렇게 힘든가?

세현이 예전에 말하길, 일본에서는 이름을 부르는 게 좀 특별한 의미가 있다고 했지만 여긴 한국이잖아?

잘 모르겠네.

나는 일부러 머리를 긁적이며 밤하늘에게 말했다.

"싫으면 그냥 야, 너, 라고 불러라."

“그, 그런 건 싫어. 그냥 인싸로 부르면 안 되는 거야?”

나는 하나뿐인 아웃사이더 친구 녀석이 더럽힌 내 뇌 내 망상 사전이 멋대로 펼쳐지려는 걸 억지로 막으며 말했다.

“절대로 싫다.”

무엇보다 나는 아이들 때문에 인터넷에서 유행하는 유행어라든가, 그런 걸 잘 안 쓰려고 하는 편이다.

몇 년 지나면 더 이상 쓰지 않는 말이 될 때가 많으니까.

뭔가 다른 걸 의식하고 있는 것처럼 들린다면, 기분 탓입니다.

어쨌든.

밤이 말하는 인싸라는 게 성격 좋고, 주위 사람들과 잘 어울리고, 활동적이며, 사람들을 이끌어 나가는 재능도 있고, 잘생기고, 어쨌든 그런 류의 빛나는 사교적인 사람이라는 건 알고 있다.

나하고는 잘 안 맞는다는 이야기죠.

그래서 나는 밤하늘에게 물었다.

“애초에 왜 나를 인싸라고 부르는 건데?”

밤하늘이 이해를 못하겠다는 듯이 몸에 두른 밤을 흔들흔들 움직이며 말했다.

“요괴의 왕은 인싸니까?”

“……그러니까 그 이유를 말해 달라고.”

밤하늘이 말했다.

“요괴의 왕은 처음 보는 사람하고도 잘 이야기하는 거야.

지금만 보더라도 말을 잘 못하는 나하고도 아무렇지 않게 이야기하고 있고, 성격도 나쁘지 않고, 다른 사람들하고도 잘 친해지는 거야. 그리고 무엇보다…….”

밤하늘이 크림이 잔뜩 묻은 포크로 나를 가리키며 말했다.

“요괴의 왕은 여자한테 인기가 많은 거야.”

……………………………………………………………………

…………………………………………………아니, 뭔가 좀 다른 것 같은데.

그래, 뭔가 좀 달라.

어쨌든 달라.

뭐라고 반박하기 힘들긴 한데, 어쨌든 다르다.

지금까지 단 한 번도 풀지 못하고 쌓여 있는 나의 욕망, 아니, 불타는 가슴이.

밖에 나가서 노는 것보다는 집구석에서 아이들과 뒹굴며 놀기를 좋아하는 나의 심장이.

좋아하는 소꿉친구에게 자신의 마음을 드러내지 못하고 벙어리 냉가슴 앓듯이 끙끙거렸던 내 세월이.

능동적으로 움직이는 것보다는 수동적으로 타인에게 맞춰 가는 쪽을 선택해 왔던 나의 의지가.

나는 그런 사람들과는 다르다고 외치고 있다고.

그렇기에 나는 **내 감정을 오롯이 담아** 밤하늘에게 진지하게 말했다.

"됐으니까, 절대로. 절대로 나를 인싸의 왕이니, 인싸니, 그런 식으로 부르지 마라. 알겠어?"

내 말에 밤하늘이 깜짝 놀라서는 눈을 동그랗게 떴다.

"어, 어? **할 수 있었던 거야**?"

밤까지 고슴도치처럼 몸을 부풀리거나 말거나 나는 이 기회에 확실히 답을 받아낼 각오로 말을 이었다.

"대답은?"

"……알았어."

대답을 한 밤하늘은 왜인지 모를 정도로 실망에 빠져서 추욱 늘어져 버렸고, 밤이 기운을 내라는 듯 어깨를 주물러 주었다.

……점점 내 안의 상식이라는 게 알 수 없는 세상을 향해 나아가려 하고 있군.

밤의 응원에 기운을 되찾았지만, 그럼에도 아쉬움을 떨쳐낼 수 없었던 밤하늘이 내게 말했다.

"그러면 앞으로 뭐라고 불러야 하는 거야?"

"그냥 이름으로 불러."

"이, 이름?"

밤하늘이 눈에 띄게 당황한다.

이번에는 물어봐야겠군.

"그게 그렇게 힘드냐?"

밤하늘이 고개를 끄덕이며 말했다.

"그러니까 강 씨라고 부르면 안 되는 거야?"

내 머릿속에서 어렸을 때 아버지가 억지로 보여 줬던 홍콩 영화의 한 장면이 떠올랐다. 무슨 도사였더라? 그 아저씨가 종을 울리면 콩콩 뛰어가는 강시가 나오는 공포 영화가 있었는데.

"아니, 그건 좀……."

"그러면 강 선생님? 아, 아니면 강 사장님?"

그럴 나이 아니다!

"그냥 이름으로 부르면 간단한 걸 뭘 그렇게 어렵게 돌아가?"

밤하늘이 밤의 허리를 다시 한번 꽈아아악 끌어안으며 말했다.

"그, 그래도 그, 그건 좀……."

밤이 다시 한번 발버둥을 치며 도와 달라고 비명을 지르는 것 같지만.

나는 밤하늘이 이름을 부르는 걸 힘들어하는 이유가 더 궁금하다.

……NG에 대한 원한 같은 건 조금도 없는 제가 말했습니다.

"왜 그래? 무슨 이유라도 있냐?"

밤하늘이 고개를 끄덕였다.

"나한테 이름이라는 건 중요하니까."

아.

밤**하늘**이 '이름'에 대해 말하자 떠오르는 게 있었다.

하늘이 점지어 준 이름 말이야.

"하지만 나는 요괴가 아닌데?"

내 말에.

밤하늘의 손아귀에서 벗어난 밤이 순식간에 팽창해서 방 안을 감쌌고, 그 안의 수많은 별들이 환하게 빛나기 시작했다.

그 이상 현상에 살짝 놀라고 있을 때, 밤하늘이 말했다.

"요괴들처럼 하늘이 점지어 준 이름이 아니더라도, 이름에는 그 존재를 정의하는 힘이 있는 거야. 가위를 예로 들면, 가위라는 도구의 이름을 말하는 순간, 언어가 동일하다면 누구나 날이 있는 두 개의 쇠를 교차시켜서 가운데에 사북을 박고, 지레의 원리를 이용해서 다리를 벌렸다 오므리면서 옷감이나 종이 같은 걸 자르는 도구를 떠올리게 될 거야. 그 모든 뜻이 가위라는 이름에 포함되어 있다는 거고. 그런 의미에서 내가 인싸의 왕을 강성훈이라는 이름으로 부른다면 나는 그 순간에 나이는 17살이고 호랑이 요괴의 창귀에 의해 어렸을 때부터 단 하나의 목표를 위해 인공적으로 만들어진 그릇을 가지게 됐지만 스스로 쌓은 인연을 통해 그 틀을 깨버리고서 하늘의 인정을 받을 만큼 자신의 마음을 올곧게 키운 요괴의 왕, 그렇지만 유년기의 애정 결핍 때문에 가슴에 집착하는 성벽을 가지게 된 불쌍한 인간이라는 존재와 마주봐야 해. 그건 나한테는 너무 힘든……."

밤하늘의 목소리가 점점 잦아들고, 이윽고 멈춘 것은 내가 짓고 있는 표정 때문일 거다.

뭐야, 이 녀석.

장난 아니게 말 잘하는데?

비록 내 입장에서는 그냥 듣고 넘길 수 없는 부분이 조금 있긴 했지만.

내가 그렇게 감탄하고 있는 사이.

어느새 환하게 빛나는 별들은 그 자취를 감추었고, 밤은 원래의 모습으로 돌아갔으며, 밤하늘의 안색은 점점 새하얗게 변했다.

"부, 분위기 파악 못 해서 죄송합니다. 잘못했습니다. 아는 거 나왔다고 신나게 말해 버려서 죄송합니다. 소중한 뇌의 기억 창고를 이런 쓸데없는 지식으로 채워 버려서 정말 죄송합니다. 지금 죽으러 가겠습니다."

아니, 죽지 말고.

나는 햇빛에 말린 버섯처럼 쪼그라드는 밤하늘을 위해 말을 꺼냈다.

"설명 고마워. 그러니까 네가 내 이름을 부르면 그렇게 별 필요 없는 정보? 그런 걸 깨닫게 된다는 거지?"

밤하늘이 휙휙 고개를 저으며 말했다.

"피, 필요 없지는 않은 거야."

그렇다고 합니다.

"어쨌든 그런 정보를 싫어도 알게 된다는 거지?"

밤하늘이 고개를 끄덕였다.

언제나 내 상식을 뛰어넘는 일이 일어나는 게 현실이고, 지금까지 내가 만난 그 누구보다 베일에 감춰져 있던 밤하늘이니만큼 그런 것도 가능하겠지.

"그러면 날 부를 일이 있을 때는 훈이라고 부르면 되겠네."
강, 성, 강성, 강훈, 성강, 훈성보다는 훈이 나을 테니까.
훈이라고 하면 그렇게 이상하지도 않잖아?
"훈……."
밤하늘은 그렇게 몇 번이나 훈이라는 밤하늘 전용 이름을 중얼거린 뒤.
아주 잠시, 밤이 몸을 비틀며 살짝 뒤로 물러날 정도로 환히 웃으며 고개를 끄덕였다.
"좋은 거야. 정말정말 좋은 거야."
뭐가 그리 마음에 드는지는 잘 모르겠지만, 좋은 게 좋은 거겠지.
"그래. 다행이다."
어쨌든 밤하늘의 기분이 좋아진 게 내게 나쁜 일은 아니니까.
"그러면 성훈은 나를 뭐라고 부를 거야?"
……응?
"그냥 밤하늘이면 되지 않냐?"
"에~ 그게 뭐인 거야?"
하지만 밤하늘은 그리 마음에 들지 않는 것 같다.
"나도 호랑이처럼 예쁜 이름 지어 주면 안 되는 거야?"
대충 호랑이에서 호만 뺀 그 이름말이지.
내가 생각해도 예쁜 이름…….
아니, 지금 이럴 때가 아니지.
나는 딱 잘라 말했다.

"통성명은 이쯤 하면 됐고."
"치사한 거야~!"
어린아이처럼, 실제로 외관은 어린아이지만.
나는 어린아이처럼 칭얼거리며 손에 잡은 밤을 빙빙 돌리는 밤하늘에게 말했다.
"할 이야기가 있다고 사람을 데려와서는 낮잠을 자는 것도 모자라서 사람을 멋대로 재운 녀석한테 듣고 싶은 말은 아닌데, 그거."
갑자기 포크로 케이크를 찍은 밤하늘의 볼에 식은땀이 흘러내리는 게 보인다.
"케, 케이크 마, 맛있는 거야. 아, 우, 우유를 까, 깜빡하고 아, 안 꺼내 놓은 거야."
풀려난 밤 안에서 별똥별이 떨어지는 것과 같이 말이지.
하지만 빈말은 아니었는지 식은땀을 흘리며 밤하늘이 소형 냉장고를 향해 엉금엉금 기어갔다. 그런 밤하늘을 밤이 어둠으로 부채질을 해 주는 것도 보이고.
흠.
이 정도면 밤하늘의 기분도 맞춰 주고, 대화의 흐름도 내 쪽으로 끌고 온 것 같으니 넘어가 주자.
케이크도 맛있으니까 말이지.
나는 포크로 쇼트케이크의 반 정도를 잘라 한번에 입에 넣었다.
음, 역시 맛있어.

밤하늘이 한 시간이나 기다릴 이유가 있었네. 나는 다시 포크를 들었다가 뭔가 이상한 시선을 느껴서 고개를 돌렸다.

밤하늘이 우유와 종이컵을 든 채 깜짝 놀란 눈으로 나를 바라보고 있었다.

"왜?"

"아, 아무것도 아닌 거야. 으, 응. 아무것도 아닌 거야."

왜 저렇게 놀랐는지 짐작 가는 게 없다.

나는 고개를 갸웃거리고 다시 포크로 쇼트케이크를 큼지막하게…….

"한정품인데 아껴 먹으면 좋은 거야…… 그렇게 먹으면 아까운 거야……."

말을 해라, 이 녀석아.

나는 맛을 음미하면서 조금씩 먹는 타입이 아니니까.

그렇다고 밤하늘의 정성과 노력을 무시할 수는 없기에, 나는 케이크를 작게 잘라 먹었다.

거짓말처럼 표정이 밝게 변했네.

주변을 두르고 있는 밤과 눈 밑의 다크서클과 긴 머리카락 때문에 분위기가 변하지는 않았지만.

그건 그렇고 밤하늘의 기분도 좋아진 것 같으니까 슬슬 본론으로 들어가 볼까?

물어볼 게 산더미같으니까.

"그런데 말이다."

나는 자신의 쇼트케이크를 깨끗이 먹은 뒤, 포크에 붙어 있는 크림을 쪽쪽 빨아먹고 있는 밤하늘에게 말했다.

"넌 도대체 누구야?"

밤하늘이 포크를 입에 문 채 의아해하며 말했다.

"나는 밤하늘인 거야."

……질문을 잘못했군.

나는 고개를 젓고서 밤하늘에게 다시 물었다.

"그렇다는 건 넌 요괴들이 말하는 하늘하고 같은 애라고 생각하면 돼?"

해가 뜨느냐, 달이 뜨느냐에 따라 하늘은 낮으로도 밤으로도 변하니까.

그러면 하늘과 밤하늘은 같은 거라고 볼 수도 있잖아? 둘은 동일 인물이지만 상황이나 기분에 따라 하늘이 되기도 밤하늘이 되기도 한다거나.

하지만.

그것이 너무나 제멋대로인 생각이었다는 것을 깨닫는 건 그리 오래 걸리지 않았다.

정색한 밤하늘이 포크를 내려놓고 몸에 두른 밤을 펼쳤으니까.

그 순간 밤하늘은 말을 더듬거나, 성격이 어두워 보이는 소녀에서 벗어났다.

비록 겉모습은 아무것도 변하지 않았지만, 그 내면에 담긴 것이 다른 것으로 일변했으니까.

그것은 내가 감히 대면할 수 없는 초월적인 존재.

바라보는 것만으로 나 자신이 우주 속의 티끌이 된 것처럼 느껴지는 거대한 무언가.

인간의 인지를 뛰어넘는 존재가 사람의 지혜로는 알 수 없는 진실을, 계시(啓示)로 내렸다.

"하늘과 나는 달라. 음과 양이 조화를 이루어 태극을 이루고, 얇디얇은 종이도 앞면과 뒷면으로 나누어지듯이 나는 하늘과 조화를 이루어 하나로 이루어진 존재이긴 하지만 그 기원은 다른 곳에 있기 때문에 독립된 개체라고 인식해야 해. 나는 밤을 두르고 그 안에서 세상을 감싸 안고 이면에서 움직이는 하늘. 그렇기에 스스로 드러내기 전에는 그 누구도 인지할 수 없는 존재. 그것이 밤하늘. 다시는 **나**를 하늘과 동일하게 여기지 마."

그 말을 끝으로 거짓말같이 밤이 밤하늘에게 거두어졌다.

그리고.

"커--헉!"

나는 밤이 등을 두들겨 주기 전까지 내가 숨을 쉬는 법을 잊고 있다는 것을 깨달을 수 있었다.

뭐, 뭐야, 지금.

주, 죽는 줄 알았어.

힘을 숨기지 않은 염라대왕도 이 정도는 아니었는데! 그때의 나였다면 밤하늘의 기운을 버티지 못하고 기절해 버렸을 정도다.

"콜록, 콜록!"

갑자기 숨통이 트인 덕분에 격한 기침까지 토할 정도였다.

그렇게 죽을 것 같은 고생을 한 뒤.

나는 보았다.

구겨진 종이처럼 위축되어서 방구석에 쪼그라들어서 뭔가를 중얼거리고 있는 밤하늘을.

"역시 난 안 돼. 이럴 줄 알았어. 태생부터가 도움이 안 되는 거야. 내가 무슨 짓을 한 거야. 이러다가 훈이 다치기라도 했으면 어쩌려고. 훈이는 모르고 물어본 건데 과민 반응해서는. 이러니까 지금까지 친구 한 명도 없는 거야. 나 같은 놈은 죽어야 하는 거야. 밤하늘은 무슨 밤하늘. 밤하늘 같은 건 필요 없는 거야. 그래, 이대로 사라지는 거야. 하늘만 있어도 괜찮을 거야. 그래, 오늘이야. 바로 오늘. 용기를 내서 사라지자. 응, 그래도 하늘이 어떻게든 해 줄 거야. 그런 거야."

……가만히 두다가는 갑자기 세상에서 밤이, 아니, 밤하늘이 사라지겠군.

일부러 압박을 준 것도 아닌 것 같고, 자기도 모르게 울컥해서 저지른 실수 같으니까 빨리 말리자.

"야, 밤하늘."

내가 옆으로 다가가며 말을 걸자, 밤하늘이 몸을 움찔 떠는 것과 동시에 주변에 두르고 있던 밤이 고슴도치처럼 삐쭉삐쭉 솟아올랐다.

찔리면 아프겠군.

나는 더 이상 다가가지 않기로 하고 그 자리에서 밤하늘에게 말했다.

"뭘 그렇게 궁상떨고 있어?"

다시 한번 몸을 떤 밤하늘이 다 죽어 가는 목소리로 말했다.

"자, 자, 잘못한 거, 거야. 그, 그럴 생가, 각은 없었어. 훈이 하, 한테 나쁜 짓 하, 할 생각은 어, 없었는데……."

말까지 더듬으면서.

꽤 충격이었나 보네.

그래서 나는 상 위에 있는 케이크를 가져와 보란 듯이 눈앞에서 먹으며 말했다.

"그러지 마라. 꽤 도움이 되는 대답이었으니까."

깜짝 놀란 밤하늘이 고개를 들어 나를 바라보았다.

하지만 표정을 보아하니 내 말을 단순한 위로라고 생각하는 눈치라, 나는 다시 한번 말했다.

"정말이다."

시선을 한 곳에 두지 못하며 밤하늘이 내게 말했다.

"그, 그, 그래? 저, 저, 정말이야? 나, 나 같은 게 도움이 된 거야?"

나는 고개를 끄덕이며 말했다.

"응."

사실이다.

그동안 하늘이 어쩌고저쩌고하는 이야기는 계속 들었지만, 그게 뭔지, 아니면 누군지, 어떤 놈인지, 대화가 통하는 상대이긴 한 건지, 가르쳐 주는 사람은 없었거든.

세희는 제대로 된 대답을 피했고, 아이들은 하늘은 하늘이라는 식으로 말했으니까. 나래는 자신도 잘 알지 못한다고 했고.

그런데 비록 하늘은 아니라지만, 그 이면이라고 할 수 있는 밤하늘이 간접적이라도 이야기해 주는 게 고맙지 않을 리가 없지.

"저, 정말이야?"

그렇기에 나는 밤하늘에 말에 진심을 담아 대답할 수 있었다.

"그래."

밤하늘을 감싸고 있던 밤이 원래의 흐물거리는 모습으로 돌아간 것으로 모자라 그 안의 별들을 폭죽처럼 터트리는 것과 함께.

"나, 나도 쓸모가 있는 거야."

밤하늘이 주먹을 불끈 쥐고 눈가를 반짝이며 감격에 젖었다.

아니, 도대체 넌 왜 그렇게까지 자존감이 바닥을 치냐.

세희도 함부로 대할 수 없는 녀석이.

그래서 나는 밤하늘에게 인생 최대의 호의를 베풀기로 했다.

"그런데 말이다."

그것은 바로.

"딸기, 먹을래?"

나중에 먹으려고 남겨 놓고 있던 딸기를 밤하늘에게 양보하는 것.

이런 것을 보고 사회생활이라고 하는 것이죠.

그리고 밤하늘은 눈을 동그랗게 뜨고서는 내가 포크로 찍은 딸기에서 눈을 떼지 못하며 말했다.

"정말인 거야?"

"그럼 내가 이런 걸로 거짓말하겠냐."

"믿을 수 없는 거야."

그래서 나는 아무 말 없이 딸기를 밤하늘의 입술에 가져다 댄 뒤 말했다.

"침 묻었으니까 네 거다."

그리고 밤하늘은 입을 벌렸다.

……그런데 말이야.

다 좋은데, 난 도대체 언제쯤 이 녀석한테 궁금한 걸 다 물어볼 수 있을까?

* * *

다행히도 그런 내 걱정은 기우로 끝났다.

"나는 훈이에게 부탁하고 싶은 일이 있는 거야."

딸기 하나로 완전히 기운을 차린 밤하늘이 내 질문에 쉽게 대답해 줬으니까.

그 대답이 또 다른 의문을 만들었다는 게 문제지.

"나한테 부탁하고 싶은 일이 있다고?"

이해가 안 되네.

나한테 부탁할 게 있는 녀석이 세희와 곰의 일족의 눈을 가렸다는 게 말이야.

덕분에 전요협이라는 단체가 발족하고, 기자 회견에서 성명까지 냈다. 그 탓에 나에 대한 여론도 상당히 나빠졌고.

어딜 봐도 나와 한판 붙고 싶은 사람이나 할 짓이잖아?

"응."

하지만 밤하늘은 하늘을 바라봄에 한 점 부끄럼 없다는 듯이 고개를 끄덕였다.

"……이해가 안 되는데."

"그럴 수도 있는 거야."

평정심을 유지하려 했지만 제가 그렇게까지 어른은 아니라서 말이죠.

내 인상이 저절로 찌푸려졌다.

"지금 내게 필요한 건 공감이 아니라 설명이다."

"지, 지금부터 마, 말해 주려는 거야. 화내지 마."

일렁이는 밤을 두 손으로 끌어안은 채 쩔쩔 매는 밤하늘을 보고 있자니 내가 나쁜 놈이 된 기분이군.

하지만 잊지 마세요, 여러분!

밤하늘이 손가락만 튕겨도 반으로 갈라져서 죽게 되는 연약한 인간이 바로 저라는 것을!

……그런 일과는 거리가 멀어 보이는 밤하늘이 말했다.

"지금도 훈이를 싫어하는 요괴들이 많이 있는 거야."

알고 있는 일이다.

발설지옥에 다녀온 후, 페이가 요괴넷에 올린 동영상 덕분에 조금 나아진 것 같기는 하지만…….

내게 올라오는 서류의 양은 줄지 않았으니까.

예전에 듣기로, 냥이가 랑이 대신 왕의 업무를 봤을 때는 그 양이 훨씬 적었다고 했었지.

즉, 내가 처리해야 하는 서류의 양이 나를 싫어하는 요괴들의 수를 대변해 주는 거나 마찬가지라는 이야기다.

그것도 어느 정도 힘과 권세가 있는 요괴들의.

"그렇다고 훈이를 싫어하는 요괴들만 있는 건 아닌 거야. 인간을 단순한 먹잇감이나 방해물로 보는 아이들의 목소리가 높아서 대부분 숨죽여 살고 있지만……."

밤하늘이 두르고 있는 밤에 누구보다 빛나는 세 개의 별이 떠올랐다.

"비율로만 따지면 7 대 3 정도는 될걸?"

그건 다행이군.

나를 좋게 봐 주는 요괴들의 수가 30퍼센트나 된다는 것과 그들이 조용히 지내고 있다는 것, 둘 다.

왜냐면, 나를 안 좋게 보는 요괴들이 대세를 이루고 있는데 그 사이에서 나를 인정하는 말을 했다가는…….

괴롭힘이나 따돌림 정도로 끝나면 다행일 테니까.

그래서 나로서는 조용히 있어 주는 게 안심이 된다.

살짝 마음이 놓인 내게 밤하늘이 말했다.

"그래서 생각한 거야. 그 아이들이 목소리를 낼 수 있는 기회를 마련해 주면 어떨까 하고. 그걸 계기로 요괴들 사이에서 훈이를 인정하고 인간을 받아들이는 분위기를 만들 수 있을 것 같았으니까."

"흠?"

나는 뭔가 떠오르는 기억이 있기에 일부러 소리를 내고 턱을 괴며 허리를 앞으로 숙였다.

흥미가 있다는 뜻이었고, 밤하늘은 내 반응에 들떠서는 별빛을 반짝이며 이야기를 계속했다.

"그러면 이제 내가 왜 세희와 웅녀의 아이들을 방해했는지 궁금해지지?"

궁금하다고 말해 줘!

궁금해서 못 참겠다고 말해 달란 말이야!

별빛이 반짝이는 밤하늘의 눈동자가 그렇게 내게 말을 걸고 있었다.

……등 뒤에 있는 밤이 떠다니는 별로 치어리더들이 들고 흔드는 응원 기구를 만들어 흔드는 건 못 본 걸로 하고 싶군.

"흐~음."

그래서 나는 살짝 뜸을 들인 뒤.

"나를 안 좋게 생각하는 녀석들이 세력을 만든 뒤 한판 붙어서 깨지는 게, 내 편을 들어 주는 요괴들이 뒤탈 없이 자기들 목소리를 낼 수 있는 가장 빠른 방법이라서 그랬겠지. 동시에 혼란스러운 세상을 빠르게 안정시킬 수 있는 방법이기도 하고."

내가 겪었던 경험 덕분에 떠올릴 수 있었던 가설을 밤하늘에게 말했다.

"……어?"

내가 이런 대답을 할 줄은 몰랐는지, 밤하늘과 밤이 그대로 멈춰 버렸다.

너무 그렇게 놀라지 마라. 상처받는다고.

나는 입만 뻥긋거리며 할 말을 잃은 밤하늘에게 말했다.

"뭐, 그러기에는 한 가지 문제가 있었겠지만. 내가 하늘의 인정을 받아 요괴의 왕이 된 거 말이다. 거기다 발설지옥에서는 하늘의 마음까지 움직였잖아? 이런 상황에서는 나를 아무리 싫어하는 요괴들이라 해도 대놓고 나설 수는 없었을 거다. 그건 하늘의 권위에 도전하는 거나 마찬가지니까."

뭐, 내가 견우성에 유배당했을 때의 랑이가 한 말을 생각하면 불가능한 일은 아니겠지만.

그때 나하고 떨어지기 싫다고 하늘과 전쟁을 벌인다는 말까지 했었잖아.

지금보다 훨씬 어린아이 같았던 랑이의 모습을 떠올린 나는 쓰게 웃고는 밤하늘에게 말했다.

"만약에 그럴 각오를 다졌다 해도, 세희와 곰의 일족 누님들의 눈이 번쩍이니까 세력을 모으는 건 불가능했을 테고."

유능하기야 세희는 말할 것 없고.

곰의 일족 누님들도 세상에서 요괴들의 존재를 숨기고 통제해 온 전문가분들이다.

그들의 눈을 피해서 뭔가 음모를 꾸미거나 단체를 만드는 건 바둑이가 산책 나가자는 제안을 거절하는 것만큼 힘든 일이었을 거다.

"그런데 그런 상황에서 네가 움직였다면…… 처음에야 그 녀석들도 긴가민가했을지 모르지만 말이야. 자기들이 조금씩 세력을 모으는 데도 세희나 곰의 일족의 방해가 들어오지 않았으니까, 아마 확신했겠지. 밤하늘, 너는 하늘과 달리 자기들의 편에 섰다고."

나는 슬쩍 어깨를 으쓱하며 밤하늘에게 말했다.

"혹은, 네가 직접 그 요괴들에게 이야기했을지도 모르고."

밤이 요동친다.

내가 정곡을 찔러서 그럴 수도 있고, 밤하늘의 예상을 뛰어넘어서 그런 걸 수도 있다.

……완전히 헛다리를 짚고 있어서 그런 걸지도 모릅니다만.

나는 뭐가 맞는지 확인해 보기로 했다.

"왜? 내 생각이 틀렸냐?"

밤하늘은 당혹스러운 감정을 일렁이는 밤과 동그래진 한쪽 눈동자로 잠시 동안 보여 줬다가.

"아, 아, 아니, 맞아."

황급히 고개를 저으며 말했다.

"어, 어, 어떻게 알았어? 훈이는 그, 그 정도로 머리가 좋지 않다고 생각했는데?"

야, 인마. 틀린 말은 아니지만, 그렇다고 당사자 앞에서 할 말은 아니지 않냐?

나는 우리 집 아이들이었으면 당장 볼을 잡아서 쭈욱 늘려 줬을 말을 한 밤하늘에게 말했다.

"나도 비슷한 짓을 한 적이 있어서."

떠올리는 것만으로도 부끄러운 어렸을 때의 일인데.

나를 따르는 아이들도 많았지만, 성격이 더럽고 성질이 험악한 나를 싫어했던 아이들은 더 많이 있었다. 그리고 그 녀석들의 기를 가장 쉽게 꺾는 건 그들이 세운 대표자를 박살 내는 거였지.

이유는 모르겠지만, 그러면 자연스럽게 나를 좋게 보는 아이들의 목소리가 높아지곤 했거든.

덤으로 한동안 주위가 조용해졌고.

그래서 나중에는 일부러 날 싫어하는 애들이 끼리끼리 모여서 쑥덕거려도 모른 척, 도전자가 나오길 기다렸었다.

……마지막 도전자가 나래였다는 건 넘어가고.

그렇게 사정을 이야기하자.

"휴우……."

밤하늘이 안도의 한숨을 내쉬었다.

"그런 거였어."

뭐냐.

왜 그러는데?

"내가 머리가 좋으면 안 되는 일이라도 있냐?"

그래서 물어보았다.

밤하늘이 깜짝 놀라서 밤과 함께 고개를 저으며 말했다.

"그, 그런 게 아닌 거야. 성훈이라는 이름을 통해 본 훈이의 정보와 달라서 당황했어."

흠…….

그렇다는 건, 이름을 통해서 알 수 있는 건 생각보다 얕은 수준이라는 이야기구나.

하긴, 줄거리 요약에 소설의 모든 내용이 담겨 있는 건 아니니까.

“뭐, 백문이 불여일견이라는 말도 있잖아? 이름을 통해서 간접적으로 아는 것하고 직접 봐서 이야기 나누면서 알게 되는 거하고 다른 부분이 많을 수도 있지.”

“그, 그런 거야. 조심해야겠어.”

편견을 가지지 않도록 말이지.

나는 어깨를 으쓱하며 밤하늘에게 말했다.

“그래서, 뭐, 결국에 말이다.”

가장 중요한 부분을 물어보지 않았으니까.

“네가 부탁할 거라는 건, 결국 그 전요협이라는 곳을 내가 완전히 박살 내는 거지?”

밤하늘이 별빛이 반짝이는 눈으로 나를 바라보며 말했다.

“그런 거야. 훈이라면 할 수 있는 거지?”

으~~~음.

나는 일부러 인상을 구겼다.

한눈에 봐도 지금 내가 많이 곤란하다는 것을 알 수 있을 정도로.

“어, 어?”

밤하늘이 예상외라는 반응을 보였지만…….

뭐, 내가 밤하늘을 놀리려고 일부러 곤란하다는 듯한 반응을 보이는 건 아니니까 괜찮겠지.

응.

곤란해.

계획 자체는 그럭저럭, 내가 전요협의 요괴들하고 한바탕 하는 것이 전제라는 게 문제지만, 그럭저럭 괜찮다고 생각하지만……

싸움은 기세가 중요한 법이다.

아이들 싸움에서 먼저 때리는 녀석이 이기는 경우가 많은 것도 그런 이유고.

그런데 나는 지금 아무 준비도 안 했는데 한 대 얻어맞은 상태란 말이지.

만약, 내가 정책을 발표한 다음에 전요협이 반대 주장을 펴고, 밤하늘이 내게 부탁을 하러 왔다면 조금이나마 편한 마음으로 받아들였을 거다.

하지만 밤하늘이 숨겨 준 전요협은 나와 반대의 입장에 서서, 내 뜻과 반대되는 주장을, 나보다 먼저 세상에 알렸지.

인간들과 연을 맺지 않고 숨어 지내고 싶어 하는 요괴들이 있다는 이야기를 통해서.

그리고 더 큰 문제는 요괴들이 없던, 평온했던 옛날을 그리워하는 사람들이 그들의 의견에 동조했다는 거다.

뉴스를 봤다면 알 수 있지.

……이런 상황에서 여론을 뒤엎고 전요협을 완전히 박살

내는 건 쉬운 일이 아니다.

잠깐 어떻게 해야 좋을지 머리를 굴려 봤지만 해결의 실마리도 잡힐 생각을 하지 않아.

"그, 그, 그렇게 히, 힘든 거야?"

그리고 밤하늘은 적막을 이기지 못하고 살며시 밤을 뻗어 내 손가락을 툭 건드리며 말했다.

"힘들 것 같은데."

나래와 세희, 그리고 냥이와 상담하면 뭐 어떻게든 될 것 같지만 말이다.

……어머니께 부탁드릴 수도 있지만, 그건 최악의 상황이 오지 않는 이상 피하고 싶은 방법이고.

어머니가 무서워서 그런 게 아니다.

어머니께 부담을 드리고 싶지 않아서 그런 거다.

진짜야.

내가 어머니의 반응을 생각하고 몸을 부르르 떨었을 때.

"왜, 왜? 왜 그렇게 힘든 거야?"

밤하늘이 걱정이 가득한 목소리로 내게 말했다.

그래서 나는 조금 전까지 머릿속으로 정리한 지금 상황에 대해서 밤하늘에게 전한 뒤, 말을 이었다.

"이런 상황에서 내가 무슨 수를 쓰든 양쪽 다 안 좋은 반응을 보일 것 같거든."

나를 싫어하는 요괴들이야 당연한 거고, 사람들의 반응도 그리 좋진 않을 거다.

말했듯이, 요괴가 보이지 않던 세상을 그리워하는 사람들의 수도 적지 않으니까.

그들에게 요괴란 과학으로 설명할 수 없는 정체불명의 힘을 사용하는, 자신들에게 위협이 되는 불청객이나 다름없으니까.

무엇보다 자신의 일상이 갑작스럽게 변하는 걸 좋아하는 사람은 그다지 없거든.

……세현이라면, '고양이 귀 미소녀가 실제로 존재했어!'라고 외치며 알몸으로 춤췄을 테지만.

그런데 내 이야기를 들은 밤하늘의 반응이 뭔가 이상하다.

"휴우……."

없는 가슴을 쓸어내리며 안도의 한숨을 쉬었거든.

그에 반응하듯 밤에 떠 있는 달이 동그랗게 차 올랐고.

"뭐가 그렇게 안심인데?"

밤하늘이 자기 딴에는 밝은 목소리로 말했다.

"그런 건 걱정하지 않아도 되는 거야."

"믿는 구석이라도 있냐?"

"응."

고개를 끄덕인 밤하늘이 밤의 한복판에 손을 집어넣었다. 밤이 움찔거리며 보름달을 붉게 물들이는 게 신경 쓰였지만, 잠시 후.

탁상 위에 내려놓은 밤에서 꺼낸 세 가지 물건이 내 시선을 잡아끌었다.

밤하늘은 오늘 만난 다음, 처음으로 허리를 펴고서 당당하게 말했다.

"이것들이 훈이에게 도움이 될 거야."

그 모습은 마치, 받아쓰기에서 만점을 받았다고 자랑하는 랑이와 같았다.

허나.

"……어떻게?"

나는 이것들이 뭔지 모른다.

어떻게 쓰는지도 모르고.

왜 도움이 되는지도 모른다.

그런 내 반응에 밤하늘이 당황해서는 다시금 몸을 구부정하게 숙이고서 나를 올려다보며 말했다.

"모, 모르는 거야?"

"모른다. 대체 이게 뭔데?"

내 대답에 밤하늘이 완전히 풀이 죽어서는 손가락으로 밤을 빙글빙글 돌리며 말했다.

"……보, 보는 대로인 거야."

보는 대로 말하자면, 밤하늘이 꺼낸 건 국사 시간이나 박물관에서나 볼 수 있었던 청동으로 만든 검과 거울과 방울이었다.

미약하지만 신령한 기운이 느껴지는 것과 청동의 원래 색인 적황색을 간직하고 있다는 게 조금 특이하긴 하네.

자유의 여신상처럼 색이 변하지 않은 걸 보니, 밤하늘이 정말 잘 보관해 온 것 같다.

나는 이것들로 전요협의 주장을 타파하고 여론을 뒤집을 수 있는 방법이 있을까 최대한 머리를 굴려 봤고, 가장 가능성 있는 방법을 밤하늘에게 말했다.

"……박물관에 기증하면 되냐?"

왜, 개인의 노력으로 외국에서 문화제를 반환해 오면 사람들이 좋아하잖아.

거기다 이렇게 보관이 잘 된 유물이라면 고고학자분들은 환호성을 지르겠지.

하지만 밤하늘은 내 생각이 마음에 안 드는지 화들짝 놀라서는 목소리를 높였다.

"그, 그러면 안 되는 거야! 절대로 안 되는 거야! 정말 귀한 물건이란 말야!"

그뿐만 아니라, 소중히 모은 예쁜 보물들을 잡동사니로 취급하는 냉정한 어른들에게서 지키려는 아이들처럼 물건들을 앙증맞은 두 손으로 덮고 그 위에 밤까지 둘렀다.

아무래도 이 방법은 아닌 것 같네.

흐음.

정말 모르겠는데.

나는 고개를 갸웃거리며 밤하늘에게 말했다.

"이거, 정말 도움이 되는 거 맞아? 이왕이면 하늘처럼 다른 방법으로 도와……."

말을 마치지 못한 건 밤하늘이 완전 울상이 되었기 때문입니다.

지금 울고 싶은 건 나지만 그럴 수 없었던 건.

"하긴 내가 하는 일이 다 이런 거야. 제대로 하는 일은 하나도 없어. 난 역시 괜히 나서지 말고 집구석에서 가만히 틀어박혀 있는 게 세상에 도움이 되지 않을까? 응, 그럴 거야. 내가 아무것도 안 해도 훈이는 하늘이 있으니까 분명 괜찮은 거야."

밤하늘이 또 밤을 후드처럼 뒤집어쓰고서는 무릎을 모으고 앉아서 한없이 작아졌기 때문이다.

이런, 하늘과 비교한 게 잘못이었나.

밤하늘도 밤하늘 나름대로 나를 위해 준비해 온 물건일 텐데.

나는 밤하늘에게 솔직하게 사과를 하려다가, 그러면 안 될 것 같다는 생각에 곧바로 입을 다물었다.

왜, 우는 아이를 달래는 가장 좋은 방법은 관심을 다른 곳으로 돌리는 거라고도 하잖아?

자기 비하에 한창인 밤하늘한테 사과를 해 봤자 받아 줄 것 같지도 않고 말이야.

그래서 나는 일부러 피식 웃으며 밤하늘에게 말했다.

"농담이었어, 야."

움찔하고 어깨를 떤 밤하늘이 휙 고개를 돌렸다.

밤하늘의 눈가에는 은하수를 닮은 눈물이 살짝 맺혀 있었다.

"……노, 노, 농담?"

믿지 못하겠다는 그 반응에 나는 세희를 닮은 미소를 지었다.

"응. 몰랐어? 내가 시도 때도 없이 농담하는 거."

시도 때도 없이 커다란 가슴에 눈이 돌아가는 것처럼 말이지.

거짓은 조금도 섞이지 않은 내 말에 밤하늘이 고개를 푹 숙여 땅을 내려다보며 말했다.

"그, 그, 그, 그……."

"그?"

"그런 거로 농담하면 안 되는 거야!!"

밤하늘이 고개를 들고서 억하심정이 가득한 목소리로 외치는 것과 동시에.

"우와아아?!"

밤하늘이 내뿜은 밤이 나를 감쌌다.

앞이 안 보여! 아니, 추워!

별과 달이 보이지 않는 밤은 너무나도 추웠다.

하지만 그 추위가 내 몸을 얼리기 전에.

나는 내 몸이 밤에 휩싸여 보이지 않는 구멍으로 떨어지는 것을 느낄 수 있었다.

"훈이는 바보, 왕바보인 거야! 이제 보기 싫은 거야!"

밤하늘의 귀여운, 하지만 울컥한 감정이 가득 담긴 소리와 함께.

저, 아무래도 밤하늘한테 미움을 산 것 같은데, 어떻게 합니까?

세 번째 이야기

구멍에서 떨어지니 그곳은 내 방이었다.

"……."

"아, 고맙다."

정확히 말하면 쿠션이 없어 두 다리에 무리가 갔을 뻔한 나를 공주님처럼 받아 준 세희가 있는 내 방 말이지.

"하아……."

"왜, 뭐."

나는 세희의 품에서 내려와 퉁명스럽게 대꾸하며 이상하게 무거워진 패딩을 벗어 기둥형 옷걸이에 걸었다.

후~

밤하늘의 말대로, 홈 스위트 마이 홈이란 말이다.

밤하늘의 방도 따듯했지만 내 방은 마음까지 따듯해지는 느낌이란 말이지.

쫓겨난 듯이 돌아온 게 마음에 걸리지만, 그래도 별문제는 없겠지?

할 이야기는 다 한 것 같은 느낌이었으니까.

"도대체 밤하늘 님께 무슨 무례를 범하신 겁니까, 주인님."

사람을 잡아먹을 듯이 싸늘하게 노려보는 세희는 그렇게 생각하지 않는 것 같지만.

"야, 내가 무슨 눈 밖에 나기만 하면 사고치는 녀석도 아니……."

"그런 분이 맞습니다."

이젠 아니야!

"그렇게 생각하는 근거는?"

"알고 있는 자는 적지만, 밤하늘 님께서 안주인님만큼 상냥하며 그 누구보다 여린 마음을 가진 분이시라는 것이 그 이유입니다."

"난 한눈에 알겠던데."

세희가 인상을 쓰며 말했다.

"……제가 그리 말씀을 드린 건, 밤하늘 님께서 지금껏 세간에 모습을 드러내신 적이 손가락으로 꼽을 정도로 적은 분이라는 사실을 주인님께 알려 드리고 싶었기 때문이니 괜한 말꼬리 잡는 건 그만하시죠."

그러냐.

미안하다.

"지금 중요한 건 빗자루로 툭 치면 그대로 땅에 떨어져 박살이 나는, 처마에 매달린 고드름처럼 약해빠진 주인님을 밤하늘 님이 거친 방식으로 돌려보내셨다는 것입니다."

"내가 약골이긴 하지만 그 정도는 아니다."

세희가 방 천장을 올려다보며 말했다.

"한번 떨어져 보시렵니까?"

나는 방바닥을 내려다보며 말했다.

"아니, 괜찮다."

잘못했다가 발목이라도 삐끗하면 랑이에게 미안하니까.

우리 귀엽고 사랑스러운 랑이한테 발목을 핥게 만드는 짓은 하고 싶지 않아.

"그래서."

살짝 그 광경을 상상했던 나는 고개를 젓고는 세희를 바라보았다.

"도대체 무슨 일이 있었던 겁니까."

"어?"

나는 진심으로 놀라서 세희에게 말했다.

"몰라?"

세희가 도형의 모양에 맞춰 블록을 집어넣는 장난감을 가지고 놀면서, 동그라미 모양에 네모 블록을 힘으로 쑤셔 넣은 고등학생에게나 향할 시선으로 나를 바라보며 말했다.

"호부(虎父) 밑에 호자(虎子) 나듯, 폐부(廢父) 밑에 폐자(廢子)가 난다는 사실을 깜빡하고 말았습니다."

그 '폐', 폐기물 할 때 '폐'지?

덕분에 세희가 하고 싶은 말이 뭔지 알 것 같았지만.

"못 훔쳐봤다는 거지?"

세희가 눈을 흘겼고 나는 만세를 불렀다.

자존심이 상한 걸까?

그래도 상대가 밤하늘이니까 그렇게…….

“**헛소리**는 그만하시고.”

맘대로 남의 생각을 읽은 세희가 말했다.

“무슨 대화를 나누셨는지, 무슨 일이 있었는지 말씀해 주시지요.”

그렇게 말하는 세희의 시선은 어째서인지 옷걸이에 걸려 있는 패딩을 향하고 있었다.

왜지?

“지금 바로 부탁드립니다.”

그 이유가 궁금하긴 했지만 세희가 정색하니 물어볼 수가 없군.

대신 나는 세희와 마주 앉아서 밤하늘의 방에 간 뒤 일어났던 일과 나누었던 대화를 모두 이야기했다.

“그래서 공중화장실을 가게 됐는데, 그걸 본 아저씨가 얼마나 깜짝 놀랐는지…….”

“주인님의 머릿속 깊은 곳에 잠들어 있는 기억을 되살려 드리자면, 제가 약간의 부작용만 감수하면 사람의 기억을 건드리는 요술도 쓸 수 있습니다. 직접 확인해 보시렵니까?”

백치가 되고 싶지는 않기에 농담은 곁들이지 않기로 했다.

그리고 그 모든 이야기를 들은 세희는 바닥이 꺼져라 깊은 한숨을 내쉰 뒤.

"……주인님께서는 대범한 건지, 바보인 건지, 멍청한 건지, 어리석은 건지, 바보인 건지, 하룻강아지 범 무서운 법을 모르는 건지, 앞뒤를 모르는 건지, 바보인 건지, 자기 주제를 모르는 건지, 간이 배 밖으로 튀어나온 건지, 바보인 건지, 죽을 자리를 찾아다니시는 건지 잘 모르겠습니다."

"야, 한 가지 빼고는 다 안 좋은 말밖에 없는데."

거기다 바보 같다는 말을 너무 많이 하잖아!

"처음에 대범하다고 말하지 않았습니까."

……그래.

국어 시간에 배우길, 가장 중요한 말은 말머리에 쓴다고도 했으니까.

"그래서, 왜 그렇게 화가 났는데?"

세희가 말했다.

"아무리 안전이 보장되었다고는 하나, 밤하늘 님의 심기를 건드릴 수 있는 일을 하신 것이 첫 번째."

아, 그건, 뭐, 할 말이 없군.

겉모습이 어린애다 보니까 평소에 하던 대로 해 버렸어.

"밤하늘 님께서 주인님을 위해 준비하신 신물의 진가를 못 알아보고 단순한 유물로 치부하셨던 것이 두 번째입니다."

"신물?"

그 유물이 웅녀의 뼈 몽둥이나 냥이의 낚싯대 같은 거였다고?

하지만 거기서 나오는 기운은 그렇게 강하지 않았는데?

"옛말에 아는 만큼 보인다고 하였습니다, 주인님."
그래, 내가 아는 게 쥐뿔도 없지.
조용히 입을 다물고 있자 세희가 옷걸이를 향해 손을 뻗었다.
그러자 옷걸이가 둥둥 떠서 내 쪽으로 날아오더니 앞을 향해 기울어졌다.
"어?"
옷걸이로 나를 한 대 때리려나 싶어 살짝 놀랐는데, 아무래도 그럴 생각은 없는 것 같다.
머리에 닿기 전에 기우는 게 멈췄으니까.
다만 걸어 놓았던 옷들이 아래로 흘러내려 나를 툭 건드리는 건 어쩔 수 없었지만.
세희가 말했다.
"입고 나가셨던 패딩을 부탁드리겠습니다."
나는 패딩을 옷걸이에서 빼며 세희에게 말했다.
"왜 일을 두 번 하게 만드냐. 그냥 패딩만 빼 오면 될 걸."
"제가 이유도 없이 일을 두 번 하는 것을 보셨습니까."
없습니다요.
나는 군말 없이 패딩을 바닥에 놓았고, 세희가 옷걸이를 원래 있던 자리에 돌려보내며 말했다.
"안주머니에 있는 물건을 꺼내 주셨으면 합니다."
"그거야……."
쉽지, 라고 대답하려고 할 때.
나는 순간적으로 내가 안주머니 속에 남들에게 보여 줘서는 안 되는 물건을 집어넣었던 적이 있나 생각해 보았다.

물론 그런 일은 없겠지.

내가 미치지 않고서야 청소년이 접하면 안 되는 영상 매체가 저장되어 있는 메모리 카드를 패딩 안주머니같이 위험한 곳에 숨겨 놓을 리가 없잖아?

애초에 지금은 그런 것도 없고.

하지만 만의 하나라는 가능성도 있는 것이다.

그렇다면 나는 어떻게 해야…….

"주인님께서 휴대폰에 곱게 숨겨 놓은 영상 매체의 상영회를 개최할 생각이 없으시다면 제 말을 따라 주셨으면 합니다."

"응. 알았어."

나는 순한 양처럼 세희의 말을 따라 안주머니에 손을 넣었고.

"어?"

안에 넣은 기억이 없는 묵직하고 차가운 물건들을 하나씩 꺼내 방바닥에 내려놓았다.

그건 밤하늘이 내게 보여 줬던 청동 검과 거울과 방울이었다.

"이게 왜 내 옷 안에 있어?"

내가 어렸을 때도 남의 물건을 훔치는 짓은 하지 않았는데 말이야.

당황해서 청동기 물건들과 내 손을 번갈아 보고 있는 내게 세희가 말했다.

"보면 모르시겠습니까. 상대를 가리지 않고 속을 긁고 장난치고 괴롭히는 성격 나쁜 놈이라 할지라도, 밤하늘 님이

돕고자 하는 마음만은 거두지 않으셨다는 증거입니다."
나는 조심스럽게 세희에게 말했다.
"……너 왜 그렇게 날이 섰냐?"
세희가 평소보다 더한 무표정의 가면을 쓰며 내게 말했다.
"주인님께서 큰비가 내려 범람하는 물가에 내놓은 아이 같다는 사실을 다시 한번 실감해서 말이지요."
범람하는 물가 = 밤하늘.
아이 = 나.
하지만 나도 할 말은 있다.
"밤하늘이 안전하다고 말한 게 누군데?"
"온순한 코끼리의 악의 없는 뒷걸음질에 한번 깔려 보시겠습니까."
……그, 그래.
말 한번 잘못해서 숨 쉬는 법도 잊어 버렸던 적도 있으니까 할 말이 없군.
이럴 때는 화제를 돌리는 게 최고지!
"크흠!"
나는 어색할 정도로 크게 헛기침을 한 뒤, 세희에게 말했다.
"그래서 이것들이 다 뭔데? 밤하늘은 이게 나한테 도움이 될 거라고 했는데, 난 짐작 가는 게 없어서."
세희가 나를 바라보는 시선이 바깥 공기보다 차가워졌다.
"왜."
세희가 말했다.

“우리 집 아이는 머리가 나쁘지는 않은데 공부를 안 하는 게 문제라고 생각하는 학부모의 심정을 공감하게 된 것이 짜증 나서 그렇습니다.”

그건 경우가 다르지.

나는 머리도 안 좋고 공부도 안 하니까.

“그래서 뭐냐고.”

이 자식은 어떻게 해도 안 되겠다는 듯, 절레절레 고개를 흔든 세희가 말했다.

“그렇게 궁금하시면 직접 인터넷에 청동 검, 청동 거울, 청동 방울이라고 검색해 보시지요.”

그래서 난 휴대폰으로 청동 거울, 청동 검, 청동 방울이라고 연달아 쓴 뒤 검색 버튼을 눌렀다.

그러자.

“……응?”

알고는 있었지만 떠올리지는 못했던 단어가 검색창에 가장 먼저 나와 있었다.

그것도 여러 개의 사진과 함께.

나는 휴대폰과 청동 물건들을 번갈아 보았다. 색은 확연히 다르지만, 생김새는 너무나 똑같다.

단지 색이 다르다는 이유로 눈앞의 결과를 부정할 수 없었던 나는 세희에게 말했다.

“천부인(天符印)?”

“그렇습니다.”

세희가 말했다.

"먼 옛날, 환웅이 인간 세상을 다스리는 데 도움이 되었던 세 개의 신물입니다."

나를 엄청나게 노려보면서.

"참고로 단군 실화에서도 나옵니다."

랑이와 관련된 이야기에서도 나오는데 너는 지아비라고 고개를 빳빳하게 들고 다니는 놈이 그런 것도 모르고 있냐!

세희의 눈빛은 그렇게 나를 비난하고 있었다.

그런 시선을 받는 건 오랜만이기에 나는 급히 세희에게 변명했다.

"아니, 그건 나도 알고 있어. 단군 신화에 천부인이 나온다는 건 알고 있었거든? 하지만 그게 이런 건 줄은 몰랐을 뿐이야! 정말이라고! 검과 거울과 방울인 줄은 몰랐을 뿐이다! 나도 랑이하고 만난 다음에 이것저것……."

"보통."

차가운 음색으로 내 말을 자른 세희가 말을 이었다.

"그런 것을 수박 겉핥기라고 합니다."

깨갱, 깽 깽…….

"그리고 신화가 아니라 실화라고 몇 번이나 말씀드려야 하는 겁니까."

할 말이 없어진 나는 조용히 반성의 시간을 가지기로 했다.

"지금은 그럴 시간이 없으니 나중에 하시지요."

나는 고개를 끄덕이면서도, 세희가 눈동자만을 살짝 움직여 시계를 본 것을 눈치챌 수 있었다. 자연스럽게 나도 지금 시간을 확인해 봤는데.

"어?"

어느새 저녁을 준비할 시간이 다가오고 있었다.

뭐야? 점심 먹은 지 얼마나 됐다고? 왜 이렇게 시간이 많이 지났어? 밤하늘의 방은 이곳과 시간이 다르게 흘러가기라도 하는 거야?

"그렇습니다."

그러니까 입 다물고 제 이야기나 들으시지요.

세희는 온 몸으로 말했고 나는 세희의 신경을 건드리지 않기 위해 조용히 있기로 했다.

세희는 웬만한 일이 없으면 랑이가 먹는 음식은 자기 손으로 준비하고 싶어 하니까 말이지.

"천부인이란."

세희가 운을 띄었다.

"진리로써 온 세상을 깨우치고 울려 퍼지게 하는 천령(天靈). 마음의 근본을 비추어 삼라만상을 밝히는 데 쓰이는 천경(天鏡). 그리고 마음의 중심을 세워 관념과 습관을 끊는 데 쓰이는 천검(天劍)을 뜻하는 것으로 알려져 있습니다."

다 기억 못 할 것 같아서 급히 휴대폰의 녹음 기능을 켠 내게 세희가 말을 이었다.

"하지만 천부인이라는 것의 본질은 그리 온순한 것이 아닙니다. 예를 들어, 천령이 온 세상에 떨치는 진리라는 것은 평범한 인간들이 생각할 법한 세상의 이치. 즉, 불은 타오르고 물은 흐르며 바람은 불고 땅은 그 자리를 지킨다. 그러한 것을 세상에 알린다는 의미가 아닙니다."

"그러면?"

세희가 너무나 진지한 목소리로 내게 말했다.

"천령을 다루는 자가 진리라 생각하는 것이 세상의 이치가 된다는 이야기입니다."

뭐야, 그건.

"만약, 천령을 **능히 다룰 수 있는 자**가 불은 차갑고 물은 뜨거우며 바람은 무겁고 땅이 가벼운 것이 세상의 이치라 여긴다면 천령은 그러한 세상을 만들 것입니다. 즉, 천령은 세상의 개변을 위해 사용되는 물건입니다."

"뭐?"

그게 말이 돼?

아무리 내가 별의별 일을 다 겪긴 했지만 그건 좀 받아들이기 힘든 것 같은데?

"그렇기에 세상이 평온해진 뒤, **밤하늘 님**이 환웅님의 손에서 직접 거두어 간 신기(神器)인 것입니다."

……그런 물건이 지금 제 방바닥에 아무렇지 않게 널브러져 있습니다.

당혹감과 긴장을 감출 수 없어 꿀꺽, 침을 삼킨 내게 세희가 말을 이었다.

"천경의 경우는 더하다 할 수 있지요."

……점점 무서워지니까 그만하면 안 될까.

생각을 읽지 않더라도, 표정만으로도 지금 내가 어떤 기분인지 알고 있을 세희가 말을 이었다.

"천경은 마음의 근본을 비추어 삼라만상을 밝히는 데 쓰인다. 그리 알려진 것만으로도 어떤 힘을 가지고 있는지 얼추 짐작하실 수 있을 것입니다. 누구보다 마음의 힘에 대해 잘 아시는 주인님이시니 말이죠."

모르겠는데.

내가 아는 거라곤, 그 정체를 알 수 없는 마음의 힘 덕분에 여러 가지 일을 무사히 넘길 수 있었다는 거지.

그렇게 생각하자.

"그렇습니다."

가장 오래된, 하지만 지금도 또렷이 기억하고 있는 그날을 떠올린 내게 세희가 말했다.

"주인님께서는 어설프기 그지없는 마음의 힘으로도 주인님을 물러서게 만든 적이 있으셨지요. 천경이란 그 마음의 힘을 온전히 비추어 세상에 드러나게 하여, 요괴들의 힘을 억누를 수 있습니다."

그들이 지닌 물리력은 어찌할 수 없겠지만 말이죠.

그렇게 세희는 말을 이었다.

"하나, 그것만으로도 요괴들은 본디 지닌 힘의 9할 이상을 쓸 수 없을 것입니다. 인간의 강함이 마음에서 비롯되듯이, 요괴의 강함은 요술과 요력에 기인하기 때문이지요. 지금과 같은 시대에 이 천경을 **제대로 다룰 수 있는 자**가 있다면 과학 병기만으로도 모든 요괴를 절멸시킬 수 있을 것입니다."

다른 말로 하면, 이 천경이라는 물건은 대요괴 전용 병기라는 거 아니야?

밤하늘은 도대체 무슨 생각으로 이런 위험한 물건을 나한테 준 거야?

"마지막으로."

하지만 안타깝게도 그런 말을 하기에는 한발 빨랐다.

아직, 천검이 남아 있었으니까.

"천령과 천경과 달리, 천검은 그 근본 자체가 병기입니다. 손에 쥔 자가 다른 이를 상처 입히기 위해, 혹은 타인에게서 자신을 지키기 위해 세상에 태어난 무기라는 것이지요."

"……거울하고 방울보다 이게 더 위험하다고 들리는데, 내가 제대로 들은 거지?"

세희는 고개를 끄덕였다.

"그렇습니다."

많은 일을 겪으며 성장하기는 했지만, 그 근본은 소시민인 내 심장이 안 좋게 말이지.

"혹시, 천검의 설명을 기억하고 계십니까?"

세희의 갑작스러운 질문에도 나는 당황하지 않았다.

그저 휴대폰의 녹음 정지 버튼을 누른 뒤, 녹음했던 파일을 틀고서, 다시 한번 설명을 들은 뒤, 세희에게 말했을 뿐.

"마음의 중심을 세워 관념과 습관을 끊는 데 쓰인다며?"

"……."

그런 눈으로 보지 마라!

제대로 듣고 있냐고 눈으로 묻지 마!

"집중은 하고 있거든?"

단지 정확하게 기억을 못 할 뿐이다!

천령하고 천경처럼 풀어서 설명해 주는 거면 모를까, 내가 저런 단어의 나열을 한 번 듣고 어떻게 기억하냐고!

하지만 그렇게 변명해 봤자 내가 머리가 나쁘다는 사실이 어디 가는 건 아니라 나는 급히 세희에게 물었다.

"그래서 천검은 무슨 힘이 있는 건데?"

"주인님께서 말씀하신 그 용도 그대로입니다."

그러니까 관념과 습관을 끊는 데 쓴다는 거지?

그러면 그렇게 대단한 건 아니지 않나?

세희가 가장 위험하다고 말했으니까 내 생각이 틀렸겠지만.

"그 생각 그대로 주인님께서 틀리셨습니다."

남의 생각을 멋대로 읽고서 바로 정정해 줘서 고맙다.

내가 현실의 무거움에서 벗어나기 위해 살짝 노려보자, 세희는 그럴 생각은 꿈도 꾸지 말라는 듯 이야기를 계속했다.

"관념이라는 것은 어떤 대상에 관한 인식이나 의식하는 내용. 즉, 영(靈)의 세계를 뜻합니다."

앞의 두 개보다 위험한 게 아니라 어려운 거였냐?!

나는 다시 녹음을 시작하며 세희의 이야기를 귀 기울여 들었다.

"그에 반해 습관이란, 어떤 행위를 오랫동안 되풀이하는 과정에서 저절로 익혀진 행동 방식. 이는 육신(肉身)으로 이루어진 세계를 이야기합니다."

그리고 천검은 마음의 중심을 세워 관념과 습관을 끊는 데 쓰인다고 했지.

그걸 풀어서 해석하면…….

"그렇습니다, 주인님. 천검의 힘을 **온전히 다룰 수만 있다면**, 제가 말씀드린 모든 것을 끊고 자를 수 있다는 뜻입니다. 단순히 인간이나 요괴의 육신, 혹은 물질뿐만 아니라……."

더 이상 이곳은 홈 스위트 마이 홈이 아니었다.

천검의 진정한 용도를 깨닫는 순간.

온몸에는 소름이, 바닥에는 가시가 돋았으니까.

"눈으로는 보이지 않으나 세상에 온전히 존재하는, 연인과의 사랑조차도."

그럼에도 내 안에 천부인에 대한 두려움이 사라진 이유는.

"그 앞에서는 온전할 수 없을 것입니다."

내가 질풍노도의 시기를 보내고 있는 청소년이기 때문이다.

일명, 반항기라고 하지.

지금 내가 화 안 나게 생겼냐?

세희가 지금 한 말은 나와 내 가족들, 그리고 사랑하는 연인들과의 관계가 저런 청동 검 한 자루만으로 끝나 버릴 수 있다고 말한 거나 다름없는데?

내가 지니고, 내가 연인들과 나눈 사랑하는 마음은 그렇게 간단히 폄하당하고 치부될 것이 아니다.

천부인이고 뭐고 말이지.

하지만 나는 깊은 한숨을 내쉬었다.

"후우……."

조금 진정할 필요가 있어 보였거든.

……자, 일단 현실을 보자.

세희가 그럴 수 있다고 했고, 천부인은 밤하늘이라는 하늘과 쌍벽을 이루는 존재가 줬다.

그렇다면 그런 짓이 가능하냐 불가능하냐를 떠나서, 혹여나 남의 손에 들어가게 된다면 나와 내 가족들에게 위협이 될 수 있다는 뜻이겠지.

만화 같은 걸 보면, 어떤 이상한 힘으로 주인공이 동료와 친구에 대한 기억을 잃는 내용이 나올 때가 있잖아?

그런 일이 내게 일어나지 말라는 법은 없다.

"세희야."

그래서 나는 말했다.

"이거, 부수자."

밤하늘이 들었다면 깜짝 놀랄 만한 소리를.

세희도 내가 이런 결정을 할 줄은 상상도 못 했는지 격동하는 눈동자로 나를 바라보며 말했다.

"미치셨습니까, 주인님."

"아니, 난 정상이다."

"그렇다면 머리에 피가 너무 많이 몰리신 것 같습니다만."

"정상이라니까."

나는 딱 잘라 말한 뒤 내 생각을 전했다.

"잘 들어 봐. 내가 랑이하고 만난 다음에, 뭔가 이상한 느낌이 들었는데 무시하거나, 찜찜한 일을 넘어가거나, 불안한 일을 괜찮을 거라 생각하고 놔뒀을 때 좋게 풀려 나가는 걸 본 적이 없었어. 그런데 이 천부인이라는 게 딱 그런 느낌이야. 네 설명을 듣는 순간 등골이 오싹해졌다니까? 아무래도 이건 밤하늘이 내 인생을 암흑의 구렁텅이에 빠뜨리기 위해 일부러 준 게 틀림없어. 그러니까 부수는 게 가장 좋을 것 같다. 아니, 부수는 게 가장 좋은……것도 아니라, 부숴야만 해. 그러니까 부순다. 걱정 마. 뒷감당은 내가 할 테니까."

잠시 침묵이 오간 뒤.

세희가 힘겹고 힘겹게 입을 열었다.

"……천경을 통해 요괴들의 힘을 억제한 뒤, 천령을 통해 요괴들이 인간의 앞에 나서지 못하는 것을 세상의 이치로 만들어, 요괴들과 세상의 연을 천검으로 끊어 인간의 세상을 연 천부인을 부수고서 도대체 수습을 어떻게 하실지에 대한 건 둘째 치고."

아, 환웅은 그런 방식으로 썼구나.

속으로 감탄하고 있는 내게 세희가 말을 이었다.

"제가 드린 말씀, 제대로 들으신 것 맞습니까?"

"응?"

"그리 시간이 넉넉지 않습니다만, 다시 한번 재생 찬스를 드리겠습니다."

그래서 나는 녹음한 음성을 재생시켰고, 신경 쓰이는 부분이 있다는 것을 깨달았다.

나는 세희에게 말했다.

"일단 부수기 전에 확인해 보고 싶은 게 생겼는데."

"부수는 걸 전제로 말씀하지 않으셨으면 좋겠습니다만."

이 대화도 밤하늘 님이 듣고 계실지 모르는 일이니까요.

그렇게 말을 이은 세희에게 나는 말했다.

"나한테 상당히 삐친 것 같으니까 그럴 것 같지는 않은…… 게 아니라."

이야기가 옆으로 샐 뻔했네.

"어쨌든, 내가 산산조각 낼 이 천부인이라는 거. 내가 제대로 다룰 수 있는 물건이야? 아니, 아니지. 지금 제대로 다룰 수 있는 사람이나 요괴가 세상에 한 명이라도 있어?"

왜 이런 질문을 하냐면, 세희가 천부인의 힘에 대해 설명할 때 계속해서 그것들을 제대로 사용할 수 있어야만 한다는 가정을 두었으니까.

이걸 반대로 생각해 보면, 세희는 내게 천부인의 힘을 완벽하게 쓸 수 있는 사람이 없다는 걸 알려 주고 싶었던 게 아닐까?
그러니까 너무 걱정하지 말라고.
그렇게 머리를 굴리고 있는 내게 세희가 대답했다.
“먼저, 천부인은 신령한 힘을 지니고 있어 요괴나 귀신이 다루기는커녕, 손을 댈 수도, 요술로 제어할 수도 없습니다.”
아, 그래서 세희가 패딩에서 천부인을 꺼낸 게 아니라 옷걸이째로 가지고 와서 나보고 꺼내라고 한 거구나.
“그래도 안주인님과 같은 대요괴나 저 정도라면 어떻게 만질 수는 있겠습니다만, 그것만으로 몇 날 며칠을 앓아누울 충격을 받을 것이고…… 힘이 약한 요괴라면 천부인에 손을 대는 것만으로 그 존재 자체가 소멸해 버리겠지요.”
나는 자리에서 일어나며 말했다.
“광에 도끼 있지?”
역시 이런 위험한 물건은 우리 집에 있어서는 안 돼.
“아니, 도끼보단 망치가 좋겠네. 아, 맞다. 세희야, 저녁 준비하러 가기 전에 용광로 하나 만들어 놔. 내가 직접 부순 다음에 녹여 버릴 테니까. 그럼 난 잠깐 광 좀 갔다 온다.”
그동안 운동 좀 했으니까 이런 일쯤이야 문제없을 거다.
“일단 앉으시지요.”
그리고 세희는 말만으로 끝나지 않고 요술을 써서 나를 억지로 자리에 앉히며 말을 이었다.
“아직 제 이야기가 끝나지 않았습니다. 그렇게 겨울을 보내는 새싹처럼 주인님의 내면에 웅크려 있는 파괴 본능에 몸을 맡기고 싶으시다면, 제가 주인님께 드리고 싶은 이야기가 모두 끝난 뒤로 미뤄 주셨으면 좋겠습니다."

……나는 일단 세희의 이야기를 모두 듣기로 했다.

천부인을 부쉈을 때와 달리 세희의 기분을 상하게 만들었을 때는 뒷수습을 할 자신이 없거든.

"그러면 최대한 짧고 간략하게 부탁한다."

그래도 이 정도는 괜찮겠지.

고개를 끄덕인 세희가 말했다.

"현재로서는 천부인의 힘을 온전히 끌어낼 수 있는 자는 없습니다. 주인님께서는 천부인을 다룰 수 있는 자격은 있으나 능력이 없고, 새언니는 능력은 있으나 자격이 없으며, 신선들은 하늘의 뜻을 어기고 천부인에 손을 댈 엄두조차 못 낼 것이기 때문입니다."

그러니까 없다는 거구나.

내가 천부인을 박살내기 전에 혹시나 모를 일이 벌어지지는 않을 거라는 사실에 안도의 한숨을 내쉬려다…….

숨이 턱 막히는 기분이 들었다.

지금 가만히 듣고 넘길 수 없는 호칭이 세희의 입에서 나왔으니까!

"여기서 어머니가 왜 나와?!"

깜짝 놀란 나와 달리 세희는 아야의 꼬리털은 복슬복슬하다는 사실을 말하는 것처럼 태평하게 대답했다.

"새언니께서는 순수한 정신력만으로 냥이 님의 저항을 무마하고, 가희를 발밑에 꿇린 분이십니다. 그런데 천부인을 쓸 수 있는 자에 대한 언급에서 제외되는 게 이상한 일 아니겠습니까?"

"그건 그렇지만……."

"뭘 그리 걱정이 많으십니까? 지금은 그저 주인님께서 우려하는 일은 일어나지 않을 것이라는 사실을 받아들이시죠. 밤하늘 님도 주인님께서 천부인을 제대로 다루는 것을 바라고 하사하신 것이 아닌, 천부인이 가진 상징성을 이용하길 바라신 것일 테니까요."

천부인의 상징성이라고 하면, 아까 세희가 말했던 그거겠지. 환웅이 인간의 세상을 여는 데 천부인이 중요한 역할을 했다는 그거.

……음?

이해가 안 가는 게 생겼지만, 나중에 물어보자.

세희의 이야기가 아직 끝나지 않았으니까.

"그러니 괜히 하늘과 밤하늘 님의 분노를 살 짓은 시도할 생각도 하지 마시고, 다른 분들의 손에 닿지 않는 곳에 천부인을 잘 보관해 두실 생각이나 하시기 바랍니다."

내 대답을 기다리는 눈치니 지금 물어보면 되겠군.

"……그 전에 말이야."

나는 세희의 표정 변화를 놓치지 않기 위해 얼굴을 뚫어지게 바라보면서 조금 전에 든 의문을 말했다.

"한 가지 물어볼 게 있는데."

벌써 몇 번이나 말했지만, 내가 가진 정통성은 나를 싫어하는 요괴들도 함부로 여기지 못할 정도로 대단하다.

이건 밤하늘도 알고 있지.

그런데 내 정통성에 힘을 실어 주기 위해서 밤하늘이 천부인을 빌려줬을까?

그렇게 생각하는 건 너무 이상하지 않아?

천부인이 가지고 있는 상징성이 아닌, 힘이 필요할 때가 올 것이라 생각해서 빌려줬다고 생각하는 게 맞지 않을까?

혹은, 그 힘이 가진 억제력에 중점을 뒀다거나.

"넌 정말 천부인이 가진 상징성이 내게 필요하다고 생각하냐?"

그런데 세희는 내게 천부인이 가진 상징성만 언급하고서 이 위험한 것들을 내가 가지고 있으라는 이야기를 했단 말이지.

왜?

무슨 이유로?

"또 나한테 뭘 숨기고 있는 거냐, 강세희."

나는 그것들을 물었고.

"……."

세희는 그 어느 때보다 두꺼운 무표정의 가면을 쓰며 침묵으로 답했다.

그에 나는 결심했다.

"혹시나 해서 말해두지만, 널 믿지 못하는 건 아니야. 하지만 나는 이것들을……."

"만약."

세희가 기다렸다는 듯 내 말을 끊으며 말했다.

"주인님께서 정녕 저를 믿으신다면."

무언가 각오를 한 목소리로.

"그 말씀에 티끌만한 거짓도 없으시다면."

그러면서도 애원하는 목소리로 나를 똑바로 바라보면서 말이다.

"부디 아무것도 묻지 마시고 천부인을 거두어주시기 바랍니다."

이, 이 자식 봐라?

치사하게 그렇게 나오냐?

물론 내가 마음만 먹으면 얼마든지 말꼬리를 잡고 반론을 펼칠 수 있는 수준이었지만…….

나는 그럴 수 없었다.

정말 이유는 모르겠지만 말이야.

나는 지금의 세희에게서 아직 어린 시절의 세희가 보였거든.

행복하던 시절의 세희를 말이야.

그 어린 세희가 나에게 두 손을 모아 간곡히 부탁을 하고 있는 모습이, 지금의 세희와 겹쳐 보였다.

그렇기에 내가 할 수 있는 말은 한 가지밖에 없었다.

"……네 마음대로 해."

이 녀석이 천부인을 보고 또 무슨 계획을 세웠는지는 모르겠지만…….

괜찮겠지.

발설지옥에서 모든 한을 풀어 버린 세희니까.

누구보다 랑이와 나의 행복을 바라고 있는 세희니까.

"저를 믿어 주셔서 감사합니다, 주인님."

세희는 앉은 채로 깊게 절을 한 뒤.

다시 한번 시계를 바라보며 자리에서 일어나려고 했지만.

"하지만."

나는 만약의 만약을 위해 선을 그어 두기로 했다.

"혹시라도 천부인을 통해서 나와 랑이를 둘러싼 문제를 풀 생각이라면 포기하는 게 좋을 거야."

그럴 거였다면, 먼 옛날처럼 느껴지는 여름날.

우리 집 앞에서 시위를 벌였던 냥이가 내게 말했던 방법을 요괴의 왕이 되자마자 썼을 테니까.

왜, 혼란을 가라앉히기 위해선 환웅…… 님과 웅녀, 랑이와 냥이, 그리고 대요괴들이 힘을 합쳐서 사람들의 인식을 손보는 요술을 쓰면 된다고 했었잖아.

하지만 나는 그런 방법을 쓰지 않았고, 지금도 그 선택을 후회하지 않는다.

나는 사람의 마음을 가지고 장난치는 걸 싫어하니까.

"알겠어?"

그래서 확인차 한 말에.

"어머나."

세희가 놀라서 두 눈을 동그랗게 뜨며 말했다.

"주인님께서 그 일을 지금까지 기억하고 계셨을 거라곤 상상도 하지 못했습니다."

……절대로 까먹고 있었던 게 아닙니다.

절대로!

갑자기 떠오른 게 아니야!

애초에 염두에 둘 가치도 없는 방법이라서 기억의 저편으로 밀어 버렸을 뿐이지.

하지만 가슴 속 깊은 곳에서 올라오는, 이유를 알 수 없는 양심의 가책에, 나는 고개를 돌리며 말했다.

"대답이나 해."

"걱정하실 것 없습니다, 주인님. 저 역시 이제 와서 그런 방식으로 세상의 혼란을 가라앉히는 건 하책이라 생각하니까요."

나는 세희의 대답에 고개를 끄덕였다.

"그럼 됐어. 이만 가 봐."

세희가 장난기 어린 시선으로 나를 내려다보며 말했다.

"보통 이런 상황에서는 저를 믿어 주신 주인님께 감복한 제가 화끈한 서비스를 해 드려야 할 것 같지만……. 안타깝게도 그건 나중으로 미뤄야 할 것 같습니다."

나는 정색하며 말했다.

"영원히 미뤄도 괜찮다."

"주인님과 안주인님, 그리고 기타 등등의 저녁 식사를 준비해야 할 시간이니 말이죠."

"……야, 내 말 못 들었냐."

“그럼 훗날을 기약하며 이만 실례하겠습니다.”

마음대로 해라.

나도 할 일이 산더미같이 남아 있는데 천부인 하나만 가지고 쩔쩔매고 있을 수는 없는 노릇이니까.

아이들에게 집에 돌아왔다고 말해야 하고, 전요협에 어떻게 대처해야 할지, 학교는 어떻게 할지.

바로 떠오른 것들만 해도 눈앞이 깜깜하네.

“아, 야, 잠깐만!”

그렇다고 가장 급한 일을 깜빡해서는 안 되지.

“무슨 일이십니까.”

나는 지금도 방바닥을 굴러다니고 있는 천부인을 가리키며 말했다.

“……이거, 어디다 보관해?”

순수한 내 고민에 세희는 커다란 금고를 소매에서 꺼내 주었다.

네 번째 이야기

나는 잠시 숨을 돌리며 밤하늘과 세희와 나눴던 이야기를 머릿속으로 정리한 뒤 방을 나섰다.

낮이 짧은 겨울의 특성상, 해는 이미 뉘엿뉘엿 저물어 가고 있었다. 아직 5시도 안 됐는데 말이지.

이러니 옛날에는 겨울이 오면 방구석에 틀어박혀 노름판을 벌이는 게 일상이었나 보다.

……왜 나는 이런 거만 알고 있는 건지 모르겠군.

"으~ 춥네."

나는 싸늘한 마루를 가로질러 안방의 문을 열었다.

아직 내가 돌아왔는지 모를, 혹은 알면서도 기다려 준 아이들에게 다녀왔다고 말하려는 순간.

"……뭐야, 이건."

나는 몇 시간 만에 확 바뀐 안방의 모습에 잠시 얼이 빠져 버렸다.

여기, 우리 집 맞죠?

일단, 벽 한쪽은 커다란 녹색 천이 차지하고 있다. 그 앞에는 사진관에서나 볼 법한 조명 기구들이 설치되어서 환한 빛을 내뿜고 있고.

그 앞에 한껏 진한 화장을 한 랑이가 "으냐아~ 냐냐냐냐~아~." 같은 소리를 내며 목을 다듬고 있었다.

……Sister Love라고 적힌 티셔츠를 입고 다녀도 이상할 게 없는 냥이는 도대체 뭘 하고 있나 모르겠다.

초등학생이 엄마 화장품을 가지고 처음 한 화장 같았거든.

그래도 우리 랑이는 귀엽지만.

그건 그렇고.

집안이 이 꼴이 난 건 랑이가 갑자기 방송에 관심이 생겨서 그런 건가? 그래서 세희가 몇 가지 준비를 해 준 거고?

하지만 내 키만 한 방송용 카메라가 3대나 있고, 그걸 폐이가 검은색 연기로 일사불란하게 조종하고 있는 걸 본 뒤 그런 생각은 접어야만 했다.

이 정도면 장난이나 취미 수준이 훨씬 넘어서니까.

그것뿐만이 아니다. 치이와 아야는 예능 프로그램에서 쓸 법한 기다란 막대에 연결되어 있는 마이크를 양쪽에서 들고 있다.

바닥에서 들고 있는 아야와 달리 치이는 귀 위 머리카락을 열심히 파닥여 하늘을 날면서 들고 있다는 게 다를 뿐이지만.

[너무 낮아서 카메라에 걸림.]

"크응! 이러면 돼, 감독아?"
[OK.]
"그런데 꼭 이런 마이크 써야 하는 건가요?"
[그런 거임. 이런 건 간지가 중요함.]
"그러면 화자……."
"그, 그건 말하면 안 돼, 이 깜짝아!"
"아우우우, 그랬던 거예요."
[그런 거임.]
그리고 이 자리에는 나래와 냥이가 없었다.
냥이는 무슨 일인지 모르겠고.
나래는 전요협 일 때문에 지금까지 자리를 비운 건가? 곰의 일족도 곰의 일족 나름대로 그 일 때문에 꽤나 바쁠 테니까 말이지.
그렇다면 이 상황을 내게 설명해 줄 사람은 없는 건가.
"엄마, 아빠가 무슨 일인지 말해 달래."
성린의 목소리에 각자 할 일에 전념하고 있던 아이들과 느긋하게 방구석으로 치워진 소파에 앉아 그 모습을 바라보고 있던 성의 누나가 나를 바라보았다.
"그런가요?"
이런 난리에서도 태평하시군요, 누나.
그 마음가짐, 저도 좀 본받고 싶습니다.
"일단 돌아왔어."
그래서 난 손을 들어 가족들에게 간단히 인사를 하고는 소파에 가서 앉았다.

"수고 많았어요, 성훈."

성의 누나가 자연스럽게 인사를 받아 주며 성린을 들어 내 무릎 위에 앉히려 했지만.

"싫어! 엄마가 좋아! 아빠, 딱딱해!"

"그래요."

우리 따님의 한마디로 내 마음에 작은 상처를 남기며 무산되었고.

"성훈아! 나만 믿고 있거라! 내가 다 알아서 해 주겠느니라!"

랑이가 뭔가 듬직하면서도 불안한 말을 해 왔다.

뭘 알아서 다 해 주겠다는 건지 모르겠…….

사실대로 말하면 얼추 짐작이 가긴 합니다.

불가 몇 시간 전에 TV에서 봤던 걸 잊어버릴 정도로 내 머리가 녹슬지는 않았거든.

눈에는 눈, 이에는 이라고 랑이는 그 알…… 알 뭐시기 요괴가 했던 것처럼 자기도 기자 회견 같은 일을 할 생각인 것 같았다.

그리고 치이는 날갯짓, 저걸 날갯짓이라고 해도 된다면 말이지. 날갯짓을 멈추고 땅에 내려선 뒤 마이크를 내 쪽으로 돌리며 말했다.

"아우우우, 너무 늦게 오신 거예요!"

그래, 내가 너무 늦게 온 것 같긴 해.

조금만 더 빨리 왔으면 적어도 랑이가 화장하는 걸 도와줄 수 있었을 테니까 말이야.

나도 화장에 대해서 아는 건 없지만, 그래도 경험이라는 게 있으니까.

그리고 내가 여장을 했던 이유인 녀석이 기세등등해서는 글을 썼다.

[준비는 내가 다 해 놓음!]

네가 흑막이었구나.

저 녹색 천이라든가, 카메라라든가, 마이크라든가 하는 것들 말이야.

"크응, 우리한테 할 말 없어? 이 두근두근아?"

그리고 아야는 두 눈을 빛내고 풍성한 꼬리를 빗질하듯이 흔들면서도, 자신이 내게 칭찬을 조르고 있다는 사실을 들키지 않았을 거라는 알 수 없는 믿음을 가진 목소리로 말하고 있었다.

그래서 나는 지금껏 내가 본 것들과 그로 인해 든 생각을 축약하고 정리하고 압축해서 아이들에게 전했다.

"……밥, 어디서 먹게?"

우리 집 안방이 그렇게 좁은 건 아니지만, 그래도 방송용 카메라 3대를 놓고도 넓을 정도는 아니다. 거기다 카메라와 조명, 그리고 모니터링을 하기 위해서 가져온 것 같은 페이의 노트북에서 나온 선들도 제멋대로 방바닥을 기어 다니고 있으니까.

"""[…….]"""

그리고 아이들은 그대로 굳어 버리고 있었다.

아, 이런. 너무 줄여서 말했나.

아무래도 내가 자기들을 혼내려 한다고 생각한 것 같다.

빨리 오해를 풀어야겠군.

"아니, 너희들이 잘못했다는 건 당연히 아니고."

나를 위해서 이런 일을 벌였는데, 내가 어떻게 그런 말을 할 수 있겠어?

"나를 위해서 이렇게 힘써 준 것도 정말 고마운데."

그런데 아이들의 고마운 마음을 앞에 두고 지금 이 일이 의미가 있나, 없나를 따지는 것도 사람이 할 짓이 아니겠지.

"그래도 이제 슬슬 저녁 먹을 시간이잖아."

하지만 현실은 현실이다.

가족들의 수가 그리 적지 않은 이상, 밥 먹을 곳은 안방밖에 없는데 보다시피 안방은 방송 기기가 반절을 넘게 차지하고 있다.

지금 성의 누나와 앉아 있는 소파가 구석으로 옮겨진 것만 해도 그렇고, 세희의 즐거운 게임 라이프를 책임져 주는 거대 TV가 방구석에 박혀 있는 것만 봐도 알 수 있다.

지금 이 상태로는 저녁을 먹을 수 있는 자리가 부족하다는 것을.

"아직 촬영 다 안 끝난 것 같은데, 맞지?"

그렇지 않으면 랑이가 목을 풀고, 치이와 아야가 마이크를 들고, 페이가 촬영 감독 자리에 계속 있을 리가 없으니까.

나는 조금은 안심한 기색으로 일사불란하게 고개를 끄덕인 아이들에게 말했다.

"밥 먹기 전에 끝내고 정리할 수 있으면 괜찮지만, 안 그러면 곤란해질 것 같아서 밥은 어디서 먹을 거냐고 말이 나온 거야."

그런 현실적인 부분을 언급하자, 우리 집의 제일 연장자이면서 나와 알고 지내 온 시간이 가장 긴 랑이가 당당하게 앞으로 나서며 말했다.

"……마루?"

비록 그 목소리는 당당하지 못했지만.

"그러냐."

그래서 나는 랑이의 허리를 잡고 두 팔로 번쩍 들어 올린 다음.

"으냐아?"

당황하는 랑이를 방 밖에 내놓은 다음 문을 닫았다.

덜컹, 덜컹.

랑이는 열심히 따듯하고 포근한 안방으로 돌아오려 방문을 잡고 노력했지만, 문고리를 힘껏 잡고 있는 난 그리 쉽게 들여보내 줄 생각이 없었다.

"무, 문 열어 주어라! 성훈아!"

물론 랑이가 마음만 먹으면 문을 뜯고 들어오는 건 일도 아니겠지.

하지만 지금 문고리를 잡고 있는 건 나다.

이런 상황에서 문을 뜯고 들어온다는 게 어떤 의미인지 랑이가 모를 리 없지.

그렇기에.

"농담! 농담이었느니라! 성훈아! 춥다! 추우니라! 이러다 호랑이 얼어 죽는다아아아!"

랑이는 항복을 선언했다.

난 군말 없이 문을 열고, 그 짧은 시간 동안 코가 새빨개진 랑이를 두 팔로 끌어안아 온기를 나누어 주며 말했다.

"찍는 건 나중에 계속하고, 일단 밥 먹게 한곳에 정리해 두자. 알겠지?"

아이들은 군말 없이 방송 기기들을 한곳에 정리하기 시작했다.

……내 옷에 얼굴 모양의 화장 자국을 남기고서.

* * *

안방에 다시 온 가족이 모여 앉을 수 있을 정도의 공간을 확보한 뒤.

나는 아이들에게 내가 집을 비운 동안 있었던 일을 물어보았다.

밤하늘의 방은 시간의 흐름이 달라서, 이곳에서는 꽤 시간이 흘러 버렸으니까 말이지.

가장 먼저 입을 연 건, 당연하다는 듯이 내 무릎을 점령하고 앉은 랑이었다.
“세희한테 성훈이가 밤하늘을 따라갔다는 이야기를 듣고 우리는 열심히 생각했느니라!”
무엇을 생각했는지는 물어보지 않아도 알 수 있었다. 어떻게 하면 전요협한테 한 방 맞은 나를 도와줄 수 있는지에 대한 고민의 시간이었겠지.
[그리고 내가 생각함.]
내 발치에 앉아 있는 페이가 연기로 화살표를 만들어서 구석에 정리해 놓은 촬영 기기들을 가리키며 글을 썼다.
[선동과 날조에는 선동과 날조로 대응하는 거임!]
나는 한 손으로는 랑이가 떨어지지 않게 허리를 안고서, 남은 한 손으로 페이의 머리를 쓰다듬어 주었다.
[아야야야얏?!]
평소보다 조금 많이 힘을 주면서 말이다.
왜 거기서 진실이 아니라 선동과 날조가 나오는 거니, 페이야.
요괴넷을 관리하면서 안 좋은 것에 너무 물들어 버린 게 아닐지, 이 오빠는 걱정이 많단다.
“아파아아앗!!”
페이가 금고아가 조여든 손오공처럼 비명을 지르기에 나는 손에서 힘을 뺐다.
“엄살은.”
[엄살 아님?! 진짜 아팠음!!]

우리 집 최약체인 내가 힘을 줘 봤자 얼마나 아프겠냐만, 눈물을 찔끔 흘리고 있는 페이를 보니 그런 말을 해서는 안 될 것 같았다.

"요즘 힘 조절이 잘 안 되는 것 같네. 미안."

좋은 일이라면 좋은 일이다.

내가 시간을 헛되이 보낸 건 아니라는 뜻이니까.

[충분한 애정과 관심을 가지고 소중한 보석처럼 다룰 것을 요구함!]

나는 페이의 말대로 하기로 했다.

"그건 그렇고, 촬영은 언제부터 했어?"

옆에 앉아 있는 아야의 꼬리털을 부드럽게 쓸어 넘기면서 물어보았으니까.

[!!]

덕분에 페이가 양 갈래 머리카락을 이륙하기 시작한 헬리콥터의 프로펠러처럼 격렬하게 돌리기 시작했지만, 세상만사라는 건 뿌린 대로 거둬야 하는 법이다.

그리고 내 행동은 아야가 '키히힝~.' 웃으며 내 어깨에 머리를 기댄다는 열매를 맺었고.

"세 시간 정도 했어, 이 만족아."

세 시간이나? 무슨 촬영을 그렇게 오래 해?

나는 깜짝 놀라서 품에 안겨 있는 랑이를 내려다보았다.

"흐헤헤헤~."

……안 되겠다, 이 녀석.

랑이는 내 가슴에 얼굴을 묻고는 남에게는 보여 줄 수 없는, 상당히 많이 긴장이 풀어진 미소를 지으며 어리광만 계속 부리고 있을 생각으로 보인다.

"하우우우……."

그래서 내게 대답을 해 준 것은 내 맞은편 방바닥에 앉아 있는 채로 깊은 한숨을 내쉰 치이었다.

"좋은 영상이 안 나오는 것 같다고 페이가 계속 다시 찍은 거예요."

내 시선을 받은 페이가 바로 조금 전까지만 해도 불만 가득했던 표정을 휙 바꿔 큼지막한 미소를 짓고는 엄지를 추켜올리며 글을 썼다.

[장인 정신임.]

……어, 음.

그럴 거면 엉망진창인 랑이의 화장부터 손봐 주는 편이 더 좋았을 것 같은데.

그렇게 생각했을 때.

"……."

왠지 모르게 조용히 성의 누나의 품에 안겨 있던 우리 성린의 심기가 매우매우 불편하게 변하신 것 같다. 성의 누나의 옷을 꼬옥 잡고서는 얼굴에 구멍이 날 정도로 뚫어지게 나를 보고 있거든.

뭐가 우리 공주님 심기를 불편하게 만들었을까아?

그렇게 생각하는 것과 동시에.

"엉망진창이라고 했어."

성린이 말했다.

"열심히 했는데!"

지금은 화장을 지워 깨끗해진 랑이의 얼굴을 가리키며.

"열심히 했는데 엉망이라고 했어!"

자신이 화가 난 이유를 말했다.

"아빠, 미워!"

그, 그랬구나.

나는 슬쩍 성린에게서 시선을 돌려 아이들을 바라보며 말했다.

"……알고 있었어?"

치이와 폐이와 아야는 누가 먼저라고 할 것도 없이 내 시선을 피했다.

그저 랑이만이 어느새 고른 숨소리를 내며 자신이 잠들어 버렸다는 사실을 내게 알릴 뿐.

아, 그렇군.

3시간 동안 촬영했다고 하니까, 점심 먹은 다음에 낮잠을 안 잔 거구나. 그래서 지금 내 품에 안긴 지 얼마 지나지도 않았는데 코오~ 잠에 들었고.

……지금 중요한 건 우리 공주님의 기분이 많이 상했다는 거지만.

"나, 공주님 아니야!"

"그래요. 성린은 성린이죠."

"응! 엄마 딸!"

성의 누나가 기특하다는 듯이 머리를 쓰다듬어 주자 성린의 기분이 조금은 풀린 듯한 느낌이 들었다.

지금 이 기회를 놓칠 수는 없는 법!

"성린이 해 준 거였구나? 아빠는 까맣게 몰랐어."

"……."

어린아이의 순수한 시선은 가끔 그것만으로도 그 어떤 무기보다 더 위력이 있는 법이다.

그것도 자신이 가장 의지할 수 있는 어머니를 두 팔로 꼬옥 껴안고 고개만 돌려서 바라봤을 때의 시선은 말이지.

보통 어른들은 이럴 때 아이들을 달래기 위해 마음에도 없는 소리를 하며 기분을 풀어 주려고 하지만, 나는 성린에게 거짓말을 할 수 없다.

하고 싶지도 않고.

그래서 나는 생각한 그대로를 말했다.

"화장시켜 주는 게 처음이었지, 성린아?"

고개를 끄덕이거나 대답은 하지 않았지만 성린은 침묵으로 긍정했다.

"그러면 정말 잘한 거였는데, 아빠가 말을 잘못했네."

빈말이 아니라 정말이다.

비록, 성린이 해 준 화장 때문에 랑이의 귀여운 얼굴이 조금 엉망이 된 건 사실이다. 하지만 적어도 귀엽다는 사실만은 변하지 않았지.

그건 랑이가 워낙 귀여운 덕분이기도 하지만, 성린이 열심히 화장을 해 줬다는 반증이기도 하다.

내가 호기심에 어머니의 화장품에 손을 댔을 때는 박쥐를 모티브로 한 초인이 나오는 영화의 악당처럼 됐으니까.

그리고 어머니는 그 초인이 되셨고.

그 화장품, 비싼 거였거든요.

어쨌든.

"미안해, 성린아."

내 진심 어린 사과에.

"……몰라."

성린은 고개를 휙 돌려 성의 누나의 가슴팍에 얼굴을 묻었다.

이런 상황에서도 상당히 부럽다는 생각을 하고 있는 내게, 성의 누나가 성린의 머리를 부드럽게 쓰다듬으며 말했다.

"괜찮아요, 성훈. 성린도 이해해 준 것 같으니까요."

"그래, 다행……."

"아빠는 나 대신 아빠가 이러고 싶어 하지만."

한 손으로 쥐기 알맞게 풍만하며 부드럽다 못해 푹신한 성의 누나의 가슴에 얼굴을 묻고 있는 성린의 고발에 아야가 손톱을 세워 살짝 내 손등을 콕 찍었다.

치이는 절레절레 고개를 흔들며 페이는 연기로 풍만한 가슴을 멋들어지게 그렸다.

"그런가요?"

그리고 성의 누나는 살짝 얼굴을 붉히면서도, 당황해서 할 말을 잃은 나를 바라보며 말했다.

"성훈이 원한다면, 그렇게 해도 좋아요."

그러면서 가슴골에 얼굴을 묻고 있던 성린을 살며시 오른쪽 가슴에만 기대게 만들었다.

마치, 왼쪽 가슴의 소유권을 내게 주겠다는 듯이.

나는 고민했고, 고뇌했으며, 고심했다.

성의 누나의 달콤한 유혹을 거절할 이유를 찾기 위해서.

"고마워, 누나. 하지만 지금은……."

"나중에 똑같이 말해 달래, 엄마."

아야가 목걸이를 벗으려는 것을 말리는 것과 동시에 성의 누나가 말했다.

"그래요. 그렇게 할게요."

성의 누나가 흐뭇하게 나와 성린을 바라보았다.

왜인지 모르겠지만, 성의 누나의 모성애 가득한 눈빛이 그리 싫지만은 않았다.

"키이이잉! 적당히 좀 밝히란 말이야, 이 가슴 러브러브야! 지금 내가 옆에 있는데 그러고 싶어?!"

아야는 기분이 나빠진 것 같지만.

[저건 병의 수준임.]

그래도 아까 그렸던 가슴을 흔히들 말하는 초유(超乳), 영어로는 'Gigantic Breasts'라고 불리는 가슴으로 키워 놓고서 손가락으로 튕기며 글을 쓴 폐이라든가.

"가슴만 보면 헬렐레 넋이 나가는 저런 사람이 그 멋있었던 오라버니하고 같은 사람이라는 걸 믿을 수 없는 거예요."

자음 'ㅍ'을 두 번 쓴 것과 같은 눈매로 나를 보고 있는 치이보다는 낫겠지.

나는 가장의 권위가 땅에 떨어지다 못해 내핵을 뚫고 들어간 지금의 상황을 벗어나기 위해 재빨리 이야기를 돌렸다.

"그, 그래서 말이야! 그 기자 회견? 아니, 기자 회견에 대한 반박 영상은 언제 다 만드는 거야?"

그것도 꽤 좋은 화제로 말이지.

"으, 응?"

진짜 좋은 화제로 말이지!

"저, 정말 궁금한데! 와아, 누가 가르쳐 주지 않으려나?! 진짜 알고 싶은데!"

정말 좋은 화제였지만, 나는 두 번이나 무시당하고 세 번째에서야 내가 원하는 대답을 읽을 수 있었다.

[아직 마음에 드는 게 안 나왔음.]

장인 정신으로 꽁꽁 무장한 페이의 글을.

[지금 수준은 요튜브나 너튜브에 올리면 랑이의 재롱 잔치 취급당할 거임.]

좋게 생각하면 무시당할 일은 없다는 이야기지.

"크응, 그런데 괜찮은 거야?"

"응?"

나는 갑자기 약한 소리를 하는 아야를 돌아보았다.

뭐가 그리 마음에 걸리는지, 쫑긋 서 있는 귀가 평소보다 힘이 없어 보인다.

"뭐가?"

"조금 불안해져서 그래, 이 둔감아."

뭐가 불안해졌다는 거지?

잠깐 머리를 굴려 보자, 나는 아야가 걱정하고 있는 게 뭔지 알 수 있었다.

"처음에는 이거다 하고 신나서 시작하긴 했는데, 이래도 괜찮나 불안해졌다는 거야?"

정곡을 찔렸는지 아야가 꼬리뿐만 아니라 두 볼을 붉게 물들이며 새된 목소리로 말했다.

"그, 그렇게 말할 건 없잖아, 이 직설아!"

"으냐아~."

그 소리에 랑이가 내 옷을 두 주먹으로 움켜쥐며 살짝 잠투정을 부렸다.

"그래그래."

나는 랑이의 등을 툭툭 두드리며 아야에게 말했다.

"랑이 깬다."

"……밥보야 깨든 말든."

그렇게 말하면서도 아야의 목소리는 한결 작아졌다.

"어쨌든, 그래서 저 깐깐이도 몇 번이나 다시 찍고 있었던 거고."

아야가 말한 깐깐이가 연기로 만든 선글라스를 끼고서는 굳은 표정을 지었다.

유명한 감독의 흉내라도 내고 싶었던 걸까.

하지만 나는 아이들이 어떠한 결과물을 내든 나를 위해 하고 싶은 일을 말릴 생각은 없다.

거기다 이건 아이들에게 좋은 경험이 될 것 같으니까.

내가 초등학생일 때 학급 신문을 만들었던 것처럼.

참고로, 나는 그때 우리 반에서 가장 인기가 있는 여자아이에 대한 기사를 쓰기 위해 나래의 집에 갔었지.

그때, 방에 가득했던 아저씨…….

그러니까 나래의 아버지 사진을 보았을 때는 아직 어렸음에도 불구하고 전율을 금치 못했다.

내가 어떤 애를 좋아하게 되었는지.

그리고 어떤 애와 한판 벌였는지 깨닫고서 말이야.

아, 그러고 보니 생각난 김에 물어보자.

"나래는? 나래한테 도와 달라고 했으면 좋았을 텐데."

내 말에 치이가 살짝 불안해하는 기색을 보이며 내게 말했다.

"나래 언니는 곰의 일족 일 때문에 잠깐 서울에 갔다 온다고 하신 거예요."

전요협 관련으로 바쁠 거라는 건 예상했지만, 직접 서울에 올라갔을 거라고는 생각 못했다.

"언제 갔는데?"

"오라버니께서 밤하늘 님하고 집을 비운 지 얼마 안 지나서인 거예요."

흠? 꽤 시간이 지났네? 그런데 아직까지 안 왔다는 거지?

저녁 먹을 때까지 돌아올 수 있으려나?

조금 이따가 전화해 봐야겠다.

거기다 곰의 일족 일로 서울에 간 거면 겸사겸사 부탁할 일도 있고 말이야.

난 그렇게 생각하며, 이 자리에 보이지 않는 또 다른 녀석의 이름을 입에 담았다.

"그럼 냥이는?"

페이가 연기로 인상을 확 찌푸린 냥이를 그리며 글을 썼다.

[성훈이 부탁한 일 하러 간다 했음.]

내가 부탁한 일이라면…….

아, 그거구나. 대요괴들이 학교에 오도록 설득해 달라는 거.

전요협이라는 단체 때문에 세상이 시끄럽긴 하지만, 그래도 준비는 해 놔야 하니까.

"그래."

상황이 이렇다 해서 학교를 세우는 걸 포기할 생각도 없고.

"그럼 성의 누나. 잠깐, 랑이 좀 부탁해."

나는 그렇게 말하며 랑이를 내가 포기했던 성의 누나의 품에 맡기려고 했지만.

"으으으으…… 싫어……."

잠들어 있는 거 맞는지, 내가 허리춤을 두 팔로 잡자마자 몸을 뒤척이더니 두 다리로 내 허리를 강하게 끌어안았다.

우리 호랑이님께서는 떨어질 생각이 없으신 것 같습니다.

"도와줄까요?"

그리고 성의 누나는 내 대답에 따라 이곳에서 요성전쟁(妖星戰爭)을 일으킬 생각이 가득하신 것 같고.

"아니, 괜찮아."

나는 성의 누나의 호의를 마음속으로만 간직하고 소파에서 일어나며 말했다.

"난 잠깐 나래한테 전화 좀 하고 올게. 언제쯤 오나 궁금해서 말이야."

여기서 나래와 통화를 해도 안 될 건 없지만, 뭐랄까.

전화는 다른 사람이 없는 곳에서 걸거나 받아야 할 것 같아서 말이야.

아버지 전화요?

말했잖아, 사람이라고.

아버지고, 세희고, 둘 다 사람은 아니지.

"아, 그리고 밥 먹기 전에 손 닦는 거 잊지 말고."

마이크니 카메라니, 이상한…….

아니, 이상한 건 아닌데 어쨌든 여러 가지 것들을 잔뜩 손댔으니까 말이다.

그렇게 난 아이들에게 주의를 준 뒤, 잠깐 나래에게 전화를 걸기 위해 내 방으로 가려다가…….

문을 닫기 전에 자기들끼리 수군거리고 있는 치이와 페이와 아야를 볼 수 있었다.

[분명 전화는 핑계고 화장실 갈 생각인 거임.]

"크, 크으응?! 바, 밥보하고 같이? 그건 좀 아니지 않아?!"

"……오라버니라면 그래도 이상할 게 없는 거예요. 그런 사람인 거예요."

너희 둘은 조금 이따가 나 좀 보자.

추운 마루를 다시 가로질러 내 방에 돌아온 나는 바로 휴대폰을 꺼내 나래에게 전화를 걸었다.

옛날에 여자애들이 좋아했던 만화의 주제곡인 '미소 GOGO!'의 컬러링이 잠깐 들린 뒤.

[어, 성훈아. 왜?]

나래가 꽤 시끌벅적한 곳에서 전화를 받았다.

"지금 바빠?"

[아니, 괜찮아. 전화 받을 시간은 있어.]

"……정말?"

[아, 잠깐만.]

내가 뭘 염려한 건지 눈치챘는지 나래가 휴대폰에 손을 가져다 대는 듯한 소리가 들린 뒤.

[전화 왔잖아요! 좀 조용히 해 주세요!]

손으로는 막을 수 없는 나래의 외침과.

[우우우우~!!]

[누군 전화 올 남친 없어서 폰 꺼 놓는 줄 알아?!]

[누구는 데이트하다 끌려왔는데 누구는 전화로 염장질이네?!]

[이래서 권력이 좋다고 하나 보다~]

[그래서 육아 퇴직은 언제 할 거니?]

곰의 일족 누님들의 것으로 여겨지는 야유 소리가 울려 퍼졌다.

[후우…….]

나래의 낮은 한숨 소리와 함께.

아, 이거 안 좋아.

내 등 뒤로 식은땀이 흐르는 것과 동시에.

쾅!

알 수 없는 뭔가가 알고 싶지 않은 무언가를 박살 내는 굉음이 들리는 것과 동시에 곰의 일족 누님들의 야유 소리가 거짓말처럼 사라졌다.

[미안해, 성훈아. 조금 시끄러웠지?]

……무슨 일을 했는지 묻지 말자.

나는 잠결에 뒤척이는 랑이의 엉덩이를 토닥토닥해 주며 말했다.

"아니, 괜찮아."

[그래서 무슨 일이야?]

나는 전화를 건 첫 번째 목적을 나래에게 전했다.

"정부 쪽하고 전요협 쪽 관계자하고 만나서 이야기해 보고 싶거든. 혹시 연락 좀 해 줄 수 있어?"

나래가 아니라 세희에게 부탁하는 방법도 있긴 했지만…….

알다시피 세희가 인간이라면 학을 떼고 싫어하는 것 때문에 말이다.

그래도 저승에서의 그날 이후에는 조금 나아진 것 같긴 하지만, 어디까지나 나아진 정도다.

앞으로 같이 이것저것 해야 할 사람들과의 관계가 처음부터 삐걱대는 걸 보고 싶지는 않아.

전요협 쪽도 비슷한 이유인데.

내가 아이들을 겨우 달랬을 때, 갑자기 나타났을 때의 세희의 표정이 그리 좋지 않았잖아.

세희라면 전요협 쪽 관계자와 이야기를 하고 싶다고 내가 말하면, 때는 이때다! 나에게는 요괴의 왕의 어명이라는 명분, 아니, 핑곗거리가 있다! 하고 반쯤 죽여서 데려올 것 같아서 말이야.

그런 의미로 내가 부탁할 수 있는 사람은 나래밖에 없다.

[음~]

나래는 조금 생각에 잠긴 뒤, 내게 대답했다.

[오늘이라도 가능할 것 같아.]

마음은 고맙지만 오늘은 너무 늦은 것 같고.

"내일이면 괜찮을 것 같은데."

[알았어. 그러면 내일로 약속 잡아 놓을게.]

그렇게 쉽게 되는 일인가.

조금 걱정이 되지만, 나래가 괜찮다고 했으니까 그런 거겠지.

그렇게 생각했을 때.

[저거, 저거 좀 봐. 곰의 일족 수장이 체면 안 살게 여우 짓은.]

[그치? 우리까지 자존심 상하게 말이야. 진짜.]

[저럴 거 없이 그냥 다이너마이트 바디로…….]

다시 한번 굉음이 울려 퍼졌다.

조금 전과 다른 게 있다면 비명 소리가 곁들어져 있었다는 것뿐.

[꺄악! 낙하산이 사람 팬다!]

[저 눈! 저 눈! 살인 곰의 눈이야!]

[그걸로 맞으면 장난으로 안 끝나!!!]

……웅녀의 뼈 몽둥이를 사람에게 휘두르지 않았으면 좋겠다, 나래야.

"저기, 나래야? 나래야?"

나래가 대답을 한 건 휴대폰 너머로 뭔가 부서지고 도망치고 비명 지르는 소리가 한동안 들린 이후였다.

[휴우…….]

그것도 땀을 쫙 뺀 듯한 개운한 목소리로 말이지.

[미안해, 성훈아. 조금 시끄러웠지? 이제 괜찮아. 응.]

내가 묻고 싶은 건 곰의 일족 누님들의 안전과 나래의 곰의 일족 수장으로서의 입장이었지만, 침묵을 지키기로 했다.

제대로 된 대답이 돌아올 것 같지 않았으니까.

"어, 어. 그래……."

그렇게 말문을 튼 나는 나래에게 두 번째 용건을 전했다.

"그래서 집에는 언제 와? 슬슬 저녁 먹을 시간인데."

[으음~]

첫 번째 용건을 전했던 때와 달리 나래는 조금 시간이 걸린 뒤에야 대답해 줬다.

[그게 말이야, 성훈아. 미안해. 오늘은 좀 늦게 돌아갈 것 같거든? 그러니까 먼저 저녁 먹고, 운동도 혼자 해야겠어.]

"……운동, 해야 하는 겁니까?"

[응!]

그렇게 당연하다는 듯이 대답하시면 제가 할 말이 없죠.

"알았어."

[그래, 성훈아. 오늘 안에는 돌아갈 거니까 너무 걱정하지 말고.]

"알았어."

[그럼 끊을게. 아직 할 일이 많이 있어서.]

나는 나래가 조금 전에 있었던 일을 다시 한번 일으키려나 싶었지만, 이내 고개를 저었다.

전요협과 관련된 일이겠지.

"알았어."

그래서 나는 나래에게 조금이라도 도움을 주기로 했다.

"나래야."

[응?]

"사랑해."

[어, 어?]

나는 내가 할 말만을 전한 채 통화 종료 버튼을 눌렀다.

[잠깐만 성훈아! 잘 못 들었으니까 다시 한번……!]

나한테 부끄러운 짓을 다시 한번 시키려고 하는 나래의 애타는 목소리를 일부러 못 들은 척하고.

나는 휴대폰을 주머니 속에 집어넣은 뒤.

"음냐, 음냐…… 나도 사랑…… 사랑하느니라……."

랑이의 잠꼬대 아닌 잠꼬대를 들으며 다시 안방으로 돌아갔다.

* * *

저녁을 먹고 난 이후.

"검둥아! 다녀왔느냐!"

냥이가 방문을 열고 들어오자 내 허벅지에 머리를 대고 내가 까 준 귤을 냠냠 받아먹고 있던 랑이가 벌떡 일어나 자신의 언니를 반겼다.

"그래, 다녀왔느니라."

그런데 우다닷 달려든 랑이에게 안긴 냥이의 표정이 그리 밝아 보이지는 않았다.

많이 지쳤나 보네.

"키히힝~ 여긴 이제 내 차지야."

그렇게 잠깐 냥이의 상황을 살펴보고 있는 동안, 때는 이때다 하고 아야가 내 허벅지에 머리를 대고 누웠고.

몸을 이리저리 움직이면서 조금이라도 더 편한 자세를 찾는 모습이 귀엽긴 하지만…….

그렇다고 저린 다리가 풀어지는 건 아니죠.

"아~."

그런데 어린 딸아이는 늙은 아비의 사정도 모르고 두 눈을 감고 입만 벌린 채 귤만 보채고 있으니.

"자."

줘야죠.

줄 수밖에요.

나는 아야에게 직접 깐 귤을 먹여 주며 다른 한 손으로는 여우 귀를 만지작거렸다.

"크이잉?"

아야가 이상한 소리를 내며 몸을 움찔거렸지만, 단순히 놀란 것 같아 보이니 계속 만져도 괜찮겠지.

아야의 귀를 만지작만지작하고 있자니 점점 감각이 사라져 가는 허벅지에서 신경이 멀어져 간다.

랑이와 만난 이후로, 동물 귀를 많이 만져 보게 됐는데 이게 감촉이 상당히 좋단 말이지.

특히 날이 추워지니까 더더욱.

보들보들한 털의 감촉이 좋고, 적당히 습기 차고, 무엇보다 따듯하다. 만지고 있으면 나도 모르게 그 귓구멍 안쪽까지 깊숙하게 손가락을 집어넣고 싶어진다는 생각이 들 정도란 말이야.

"자, 잠깐, 아빠! 너, 너무 깊게 넣지 마! 아프단 말야!"

생각만으로 끝나지 않은 것 같다.

"아, 미안."

나는 아야를 살살 달래면서 손가락으로 귀 안쪽을 긁어 주었다.

"키히힝~ 거기, 거기 좋아, 이 효자손아."

……언제 화를 냈냐는 듯 나를 가려운 곳 긁어 주는 사람 취급을 하며 기분 좋게 앙탈을 부린다.

뭐, 귀여우니까 괜찮겠지.

"너는 잠깐 나 좀 보자꾸나."

그리고 냥이가 내 행복한 시간을 다시 현실로 되돌렸다.

"응?"

"……."

랑이와 체온을 나누고 있음에도 표정이 안 좋은 냥이를 보고 나는 급히 말을 이었다.

"힘들었을 텐데, 조금 쉰 다음에 하는 게 좋지 않겠어?"

내가 배 좀 부르다고 냥이가 무슨 일로 집을 비웠는지 까먹었을 정도로 바보는 아니지.

사실 얼굴을 보기 전까지는 까맣게 잊고 있었습니다만.

그런 상황을 모르는 냥이는 살짝 인상을 풀고서 말했다.

"나는 네놈처럼 할 일을 뒤로 미루는 성격이 아니니라."

그건 오해다.

나는 할 일을 뒤로 미루는 성격이 아니라, 내가 할 일이 뭔지 모르는 경우가 많은 거니까.

넓은 안목이 없다고 할까요?
하하하.
……스스로가 비참해지기에 나는 아야의 어깨를 툭툭 치며 말했다.
"아야야."
냥이가 나와 단둘이서 이야기하고 싶어 하는 눈치니까 자리를 옮길 수 있게 도와 달라는 뜻이지.
"크응……."
아야는 몸을 뒤엎어서는 내 허벅지를 두 손으로 꼬옥 잡으며 아쉬움이 가득한 목소리로 말했다.
"얼마 안 됐는데."
그래도 이리저리 눈치만 보다가 내 시선을 받고는 귀 위 머리카락만 격하게 파닥이며 고개를 돌린 치이나, 잠시나마 다른 운영진에게 요괴넷의 관리를 떠넘기고 촬영에 전념했다는 이유로 저녁을 먹자마자 세희에게 끌려가 컴퓨터 앞에 앉게 된 페이보다는 낫지 않을까 싶지만.
"그럼 내 방으로 따라오거라."
그 말에 언니에게 볼을 비비며 자매 간의 우애를 돈독히 하고 있던 랑이가 말했다.
"응? 검둥아, 그냥 여기서 이야기해도 되지 않느냐?"
냥이는 랑이를 애정 가득한 눈빛으로 바라보았다가, 이내 내 쪽으로 냉혹한 시선을 돌리며 말했다.
"흰둥아, 너는 저놈이 너희들이 눈앞에 있는데 내 이야기에 집중을 할 수 있을 거라 생각하느냐."

랑이의 장점이라고 한다면, 거짓말을 못 한다는 거겠지. 또 다른 장점이라면 나를 너무너무 사랑해서 나한테 안 좋은 이야기를 하고 싶지 않다는 거고.

그래서 랑이는 냥이를 끌어안은 채 눈동자만을 데구루루 돌려 먼 곳을 바라보았다.

"그러하니 지금은 그만 놓아주어라."

네놈은 그만 일어나고.

냥이는 말과 눈빛으로 두 가지 뜻을 나와 랑이에게 전했다.

랑이가 아쉬움이 가득한 표정으로 냥이에게서 떨어졌고, 나는 아야에게 양해를 구한 뒤 뜨끈한 아랫목에서 일어나야만 했다.

밥 먹은 지 30분도 안 지났는데 말이죠!

30분도!

"가자."

그래도 할 일은 해야겠지.

나는 안방을 나섰다.

* * *

우리 집, 정확히 말하면 얼굴 한 번 본 적 없는 할아버지 댁이지만. 우리 집은 현대식으로 많이 개조하긴 했으나 기본적으로 한옥의 구조를 띠고 있다.

체감상 한옥이 양옥과 가장 다른 게 있다면 뻥 뚫린 마루나 지붕에 얹힌 기와. 그리고 창호지가 발린 창문과 문을 이야기할 수 있는데 말이야.

그래서 냥이는 그 누구보다 겨울을 철저하게 대비했다. 그렇다고 에레나처럼 벽난로를 달았다는 건 아니고.

냥이는 겨울이 올 낌새를 보이자마자 모든 창문과 문을 유리창과 나무 문으로 바꿔 달았다.

그거로는 안심이 안 됐는지 벽에도 흰색의 페인트 같은 걸 열심히 발랐는데, 아마 내가 보기에는 외풍을 막는 용도인 것 같다.

가을 하늘 아래 멜빵바지와 티셔츠를 입고 마스크를 쓴 채 땀을 뻘뻘 흘리며 손수 작업을 하는 냥이가 안쓰러워 보였는지, 세희가 날이 추워지면 자신의 요술로 냉기를 차단해 준다고 했지만…….

냥이가 뭐라 했더라?

아, 맞다.

'네놈의 냄새가 이보다 더 지독해진다면 나는 아무리 흰둥이가 있다 한들 더 이상 이곳에서 지낼 생각이 없느니라.'

그렇게 말했지.

그러면 자기가 요술을 쓰면 되겠지만, **이상하게도** 냥이는 부적을 꺼내지 않았다. 그게 이상해서 세희에게 슬쩍 물어봤더니, 마치 랑이가 오늘 입은 속옷의 색을 물어본 듯한 파렴치범으로 몰렸지.

그날도 하얀색이었지만.

어쨌든, 겉으로 보면 가장 이질적인 방이 바로 냥이의 방이다.

방문은 나무로 되어 있고, 창은 유리에, 벽은 한눈에 띄는 하얀색으로 칠해져 있으니까.

그리고 안에 들어가면.

"……여전하네."

이 방에 냥이가 머물고 있다는 것을 믿을 수 없는 광경이 펼쳐진다.

방 한구석에는 털실 뭉치들이 모여 있는 상자가 있고, 벽에는 고양이와 놀아 줄 때 쓰는 낚싯대를 닮은 장난감이 색색들이 걸려 있다. 끝에 걸려 있는 것도 물고기, 새, 생쥐 등, 다양한 모양이고 같은 건 단 하나도 없다.

그뿐일까.

책장에는 유아용 동화책들이 빼곡하게 꽂혀 있고, 그 옆에는 젠가라든가 할리갈리 같은 다양한 보드 게임이 언제든지 쓸 수 있게 먼지 하나 없는 채로 깨끗이 진열되어 있다.

그 외에도 카드라든가, 화투(!)라든가, 인형의 집이라든가, 블록 장난감이라든가, 별의별 장난감들이 가득하고, 방구석에는 커다란 박스가 차곡차곡 쌓여 있다.

물론, 이건 냥이가 가지고 놀려고 모은 게 아니다. 랑이와 놀아 주기 위해서 냥이가 하나씩 하나씩 모은 것들이지.

이 방에서 냥이를 위한 거라고는, 진열대에 고이 보관되어 있는 낚시 용품과…….

단풍이 붉게 물든 가을 산을 배경으로 밝게 웃으며 정면을 똑바로 바라보고 있는 랑이와 살짝 볼을 붉힌 채 사진기를 외면하고 있는 냥이. 그 둘이 찍힌 사진을 크게 인화해서 벽에 걸어 놓은 액자 정도일까.

"들어왔으면 문을 닫고 앉을 것이지, 뭘 그리 두리번두리번하느냐."

어이쿠.

나는 급히 문을 닫은 뒤 벽에 걸린 사진을 가리키며 말했다.

"별로 마음에 안 들어 하던 눈치였는데, 걸어 놨구나 싶어서."

참고로, 저 사진은 내가 찍었다.

……세희가 세팅을 마친 카메라의 버튼을 눌렀을 뿐이지만, 내가 찍은 건 찍은 거라고.

"내 말 못 들었느냐."

그리고 냥이는 화제를 돌렸다.

뭐, 그렇게 하죠.

나는 카펫 위에 앉았고 냥이도 그 앞에 마주 앉았다. 그 사이에는 아무것도 없었지만.

"실례하겠어요, 주인님."

언제나 그렇듯이 귀신같이 나타난 가희가 간단한 다과상을 들고서 공중에서 내려와 앉았다.

덕분에 치마가 살짝 위로 뒤집어진다고 해야 할지, 펄럭였다고 해야 할지, 어쨌든 장난 아니네! 저런 속옷은 처음 봤어!

아니, 저걸 속옷이라고 해야 하나?

보통 속옷이라고 하면 천으로 되어 있…….

"내, 이곳에 오기 전 방해하지 말라 하지 않았더냐."

잔뜩 성이 난 냥이가 부적을 손에 들고 한 번 휘젓자.

"어머나?"

내게 속옷의 종류에 대한 새로운 지식을 알려 줬던 가희가 신기루처럼 방 안에서 사라졌다.

그저 나와 냥이의 사이에 놓여 있는 다과상만이, 조금 전까지 가희가 이곳에 있었다는 증거로 남아 있을 뿐.

냥이가 가희를 귀찮게 여기는 적은 몇 번 본 적이 있지만 이 정도로 심하게 대하는 건 처음이라, 나는 살짝 놀라 물어보았다.

"피곤하냐?"

근거 없이 한 말은 아니었다.

방에서 마주 앉아 있으니까 냥이의 얼굴을 안방보다 더 확실하게 볼 수 있었거든.

조금 성격이 나빠 보이는 것 말고는 그야말로 랑이의 쌍둥이 언니라 할 수 있는 냥이는, 빈말로도 안색이 좋지 않아 보였다.

그렇다고 밤하늘처럼 눈 밑에 다크서클이 가득하다거나, 지금 당장 자리에 눕히고 의사를 불러야 할 것같이 아파 보인다는 건 아니다.

그냥 랑이가 문제집 3권을 연속으로 풀면 지을 법한 표정이라는 거지.

즉, 심적으로 많이 지쳐 보인다는 이야기다.

"보면 모르겠느냐."

그리고 냥이는 도끼눈을 뜨고 노려보는 것으로, 자신이 잠자다가 코털을 뽑힌 호랑이도 두려움에 떨며 도망갈 만한 상태라는 것을 내게 알려 주었다.

……지금은 조심해야겠네.

그래서 난 냥이의 기분을 맞춰 줄 겸 저자세로 나가기로 했다.

"피곤할 때는 단것이 좋다는데, 일단 먹……."

"이런 빌어 **처먹을** 짓거리를 시킨 네놈의 면상을 채칼에 갈아 버리고 싶어지니 헛소리는 그만하고, 내 이야기를 듣기나 하거라."

"예."

나는 꼬리를 있는 대로 부풀리고서 새빨갛게 충혈된 눈으로 노려보며 자연 속의 호랑이가 으르렁거리는 소리를 목에서부터 낸 냥이에게 바로 대답한 뒤, 자세를 고쳐 무릎을 꿇고 두 손을 허벅지 위에 공손히 올린 뒤 허리를 세우고서 귀를 열어 두었다.

"흥."

그게 마음에 들었는지 냥이는 조금 심정을 가라앉히고서는 약과를 하나 입에 물었다.

그러면서도 부스러기 하나 흘리지 않고, 먹는 소리조차 내지 않는 걸 보면 정말 랑이의 언니가 맞나 싶단 말이지.

그렇게 약과 하나를 뚝딱 해치운 냥이는 아직도 김이 나는 녹색 차를 고풍스럽게 마신 뒤.

"하……."

살짝 기분이 풀려 보이는 모습으로 이야기를 시작했다.

"네놈이 원한 대로, 내 오늘 시간을 내어 그 은혜도 모르고 기어오르는 망할 것들에게 이야기를 했느니라."

지금은 물어봐도 되겠지.

꼬리도 원래대로 돌아갔고, 아까처럼 나를 못 잡아먹어 안달인 것 같지는 않으니까.

나는 슬쩍 다리를 풀며 냥이에게 말했다.

"그래서 어떻게 됐는데?"

냥이는 대답 대신 꼬리에서 부적을 꺼내 들었다.

나는 입을 다물고 다시금 무릎 꿇고 정좌했다.

제가 힘이 약한 게 죄 아니겠습니까!

아니면 랑이를 사랑하는 게 죄죠!

"반은 내 부탁을 들어주기로 했고, 반은 무시하였다."

말 그대로 절반의 성공 아닌가.

그 정도면 다행이라고 생각했을 때.

부글부글.

냥이가 손에 쥔 찻잔에 든 차가 거품을 일으키며 끓기 시작했다.

……무림여학원이라는 소설에서나 나올 법한 일이군.

속으로 감탄하고 있자니, 냥이가 성난 목소리로 말했다.

"4천 년 전만 해도 흑호 님, 흑호 님 노래를 부르며 내 꽁무니나 따라다니던 것들이! 이제 나이 좀 먹었다고 우리가 언제까지 흑호 님 말만 따르는 어린애인 줄 아냐고 뻗대는 꼴을 보자니 내 속이 뒤집혀져서!!"

……4천 년 전?

그러니까, 최소 4천 살이라는 거지?

그러면 그런 말할 만하지 않나?

물론, 그 말을 지금의 냥이에게 하는 건 염라와 만나는 직행열차를 타고 싶다는 이야기와 같기에, 나는 조용히 입을 다물고 있었다.

최소한 냥이가 화를 가라앉힐 때까진.

그런데 냥이의 등 뒤로 성난 흑호가 포효하는 걸 보고 있자니, 아무래도 그때까진 시간이 걸릴 것 같다.

"몸 좀 커졌다고 으스대지 않나! 감히 나를 귀엽다고 하지 않나! 멋대로 끌어안지를 않나! 이젠 고생도 많이 했으니 세상 돌아가는 건 자기들한테 맡기고 뒷골방 늙은이처럼 지내라고 하지 않나! 자기들의 기저귀를 갈아 준 게 나라는 것도 잊은 멍청한 놈들!!"

으, 음…….

냥이의 분노에 점점 공감하기 힘들어지는데.

그래서 나는 용기를 내 냥이에게 말했다.

"그거, 그냥 너를 걱정해서 한 말 아니야?"

조금 전만 해도 손에 없던 곰방대가 날아왔다.

"우왓!"

그야말로 아슬아슬하게 피했는데, 뒤를 돌아보니 곰방대가 벽에 꽂혀 부르르 떨리고 있었다.

이, 이 자식? 날 죽일 생각이냐?!

"네놈이 정녕 죽고 싶은 게냐!"

……그렇게 말했다가는 정말 죽일 것 같아서 저는 조용히 있기로 했습니다.

"이르다, 이르다, 백만 년은 이르다! 그놈들이 제 앞가림을 한 지 얼마나 됐다고 생각하는 거냐! 겨우 3천 년밖에 지나지 않았느니라!"

갑자기 한오백년이라는 민요를 부르고 싶어졌다.

불렀다가는 다시는 노래를 할 수 없을 것 같지만.

그건 그렇고 말이지.

왜 나는 눈앞에서 화를 내는 냥이에게서, 자식의 성장을 인정하기 싫어하는 부모님의 모습이 보이는 걸까.

아니면, 장성한 자식을 아직도 어린애처럼 대하는 부모님이라든가.

그래서 웃음이 새어 나오려고 했지만, 나는 초인적인 인내심으로 참았다.

지금은 잠자코 푸념을 들어 주는 게 나에게도, 냥이에게도 좋을 것 같았으니까.

그렇게 잠시 동안 나는 지금의 대요괴들이 옛날에는 들짐승 하나 제대로 사냥하지 못해 엉엉 울며 호랑이 굴에 돌아왔다거나.

낮에 산불이 난 걸 보고서 다음날 이불에 오줌을 쌌다거나.

냥이가 잠깐 자리를 비우려고 하면 다리에 달라붙어서 나가지 말라고 떼를 썼다거나.

편식을 하다가 엉덩이를 두들겨 맞고 한동안 바지를 입지 못하고 돌아다녔다거나.

이런저런, 어떻게 보면 자식과의 추억을 자랑하는 것 같은 냥이의 이야기를 계속해서 들어 줘야 했다.

"후우……."

그렇게 현재의 대요괴들의 어린 시절을 한바탕 이야기하자 냥이도 어느 정도 기분이 풀린 것 같았다.

"내가 그런 핏덩어리 같은 놈들에게 이런 수모를 겪은 건 다 네 탓이 아니냐!"

냥이가 호통을 치는데도 한 귀로 듣고 한 귀로 흘리며 농담을 할 수 있을 정도는 됐으니까.

"받은 건 너잖아."

나는 손으로 진열대를 가리켰다.

오늘 낮에 냥이가 손에 쥐었던 낚싯대가 소중히 보관되어 있는 진열대를 말이지.

"……."

듣는 사람의 기분이 나빠지면 그건 좋은 농담이 아니지.

"미안, 농담이었는데 지금 할 말은 아니었던 것 같네."

냥이는 대답 대신 강정을 집어 한 입에 베어 물었다.

-콰직!-

냥이가 날카로운 송곳니로 박살 내고 싶었던 건 강정이 아니라 강성훈이 아니었을까.

나는 내 몸의 안전과 우리 가족의 화목한 미래를 위해 화제를 돌리기로 했다.

"그것보다 반은 설득했다고 했는데, 그러면 대충 몇 명이나 돼?"

냥이는 뭔가 먹을 때 말을 하는 건 예의가 아니라는 듯한 손을 펴서 내게 보였다.

"……다섯 명?"

냥이가 눈을 부라리고 강정이 부스러지는 소리가 커졌다.

"…………50명?"

꿀꺽, 강정을 삼킨 냥이가 성을 내며 외쳤다.

"500놈이다, 이 1인용 뚝배기같이 속 좁은 것아!"

"5, 500명?! 왜 그렇게 많아?! 너, 낮에는 얼마 안 되는 것처럼 이야기했잖아!"

분명히 '몇몇은 못 이긴 척~ 몇몇은 꿍꿍이를 숨기고~.' 같은 식으로 말했던 걸 기억하고 있다고!

내 타당한 반론에 냥이는 새벽 6시에 잠들어 오후 2시에 일어나는 한심한 소설가에게나 향할 시선으로 나를 바라보며 혀를 찼다.

"쯧, 사내놈이 그렇게 그릇이 작아서 어디다 쓰겠느냐."

그래도 너무 많잖아!

500명이라고, 500명!

거기다 반은 설득하지 못했다고 했으니까 총합은 천 명이라는 소리잖아? 그것도 냥이가 알고 있는 대요괴만!

우리나라, 대요괴가 너무 많이 살고 있는 거 아닙니까?!

상상을 뛰어넘는 숫자에 얼이 빠져 있는 나를 보며, 냥이가 눈썹을 구기며 입을 열었다.

"오이를 눈앞에 두고 전 부쳐 먹을 생각부터 할 법한 네놈이 지금 무슨 생각을 하고 있는지 빤히 보이는구나."

잘게 자른 오이와 호박은 겉으로 보기에는 비슷하게 보일 수도 있긴 하지. 하지만 그걸 가지고 전을 부치는 순간, 왜 오이전이 유명하지 않은지 알 수 있을 거다.

그렇게 알기 힘든 예시를 들어 사람을 바보 취급한 냥이가 말을 이었다.

"이 멍청한 것아. 전 세계에 살고 있는 대요괴들이 얼추 천 명 정도라는 것이다. 이 좁은 땅에 그 많은 대요괴들이 터전을 잡았을 리 없지 않느냐?"

바보 맞았군.

휴…….

그래도 내가 바보 취급당하는 걸로 끝나서 다행이다.

난 또 우리나라에만 대요괴가 천 명이나 있는 줄 알았네.

인구 밀도뿐만 아니라 요괴 밀도도 그 정도로 높으면 정말

끔찍…….

어?

잠깐만.

냥이는 분명히 대요괴 중 반은 자기 부탁을 들어주고 반은 무시했다고 했지?

그 수가 500 대 500이었고.

그리고 전 세계에 대요괴가 천 명 가까이 있다고 말했어.

그 정보들을 조합해서 알 수 있는 사실이 너무나 놀라운 것이기에, 나는 냥이에게 확인해 보지 않을 수 없었다.

"너, 설마 전 세계의 대요괴들을 다 알고 있냐?"

그것도 그 대요괴들이 힘이 약했을 때부터 냥이가 돌봐 줬고?

당황한 내게 냥이가 흥, 코웃음을 쳤다.

"다는 아니니라."

그렇다는 건 거의 대부분이라는 거지.

나는 순수하게 감탄했다.

"인맥, 아니, 요맥 장난 아니다."

"……그리 감탄할 만한 일은 아니다."

평소 같으면 갑자기 칭찬하지 말라고 성을 내며 얼굴을 붉혔을 냥이의 표정은 그리 좋지 못했다.

그 이유에 대해 묻기 전, 냥이가 먼저 대답해 주었다.

지금까지 살아온 세월의 무게가 모두 묻어 있는 염세적인 미소를 짓고서는.

"그 시대를 겪고 살아남았던 대요괴들은 자신들의 힘을 기르고 싶어 눈이 벌게진 놈들 천지였으니 세상의 멸망을 막기 위해서 **반 푼**이라도 움직여야 했지 않겠느냐."

냥이는 아무렇지 않게 툭 던진 말이었지만, 나는 그에 담긴 무게를 짐작할 수 없었다.

그건, 내가 인간의 세상이 열리기 위해 무슨 일이 필요했는지 알기 때문이었고.

랑이가 어째서 요괴의 왕이 되어야 했는지 알기 때문이었으며.

요괴가 힘을 기르는 방법 중 한 가지를 알기 때문이었고.

아사달에게서 세상의 비밀을 배웠기 때문이며.

냥이가 하지 않았던 이야기를 짐작…….

"망할 놈 같으니라고!"

냥이의 호통에 생각이 멈췄다.

"네놈의 멍청한 짓거리 때문에 안 좋은 기억이 되살아나지 않았느냐?! 어찌할 것이냐!"

그걸 나보고 어떻게 하냐고 해도 말이지.

나는 뒤통수를 긁으며 냥이에게 말했다.

"랑이를 행복하게 해 드리겠습니다?"

내 딴에는 꽤 괜찮은 대답이라고 생각한 대답에.

"이, 이놈이?!"

냥이가 얼굴을 새빨갛게 물들이며 다과상의 아래를 손으로 잡았다.

지금 당장이라도 상을 뒤집어 버릴 것 같은 모습에 나는 급히 외쳤다.

"먹을 걸 함부로 다루면 안 되지!"

"아."

……뭔가 핀트가 벗어난 말 같지만 다행인 건 그게 냥이에게 먹혔다는 거다.

냥이가 상 위에 있는 찻잔과 한과들을 조심스럽게 방바닥에 내려놓은 뒤.

"흠, 흠."

헛기침을 한 뒤, 다과상을 호쾌하게 뒤집었으니까.

"지금 그걸 말이라고 하느냐!"

나는 뒤엎어진 상을 다시 제대로 세워 놓으며 냥이에게 말했다.

"당연히 해야 하는 일이긴 한데, 내가 할 수 있는 게 그런 것밖에 없잖아? **우리** 랑이를 매일매일 행복하게 해 주는 거."

냥이가 가늘게 뜬 두 눈으로 나를 노려보며 말했다.

"네놈은 날이 가면 갈수록 능글맞아지는 것 같구나."

"칭찬 고맙다."

"귀는 점점 안 좋아지는 것 같고."

"걸러서 듣는 데 익숙해졌다는 거지."

나는 보란 듯이 어깨를 으쓱하며 냥이에게 말했다.

"그것보다 궁금한 게 있는데."

하지만 냥이는 몸을 돌려 다른 곳을 바라보았다.

"네놈에게 해 줄 이야기는 이미 끝났느니라."

이제 그만 나가라는 소리죠.

하지만 나는 쉽게 일어날 생각이 없다.

"딱 한 가지만 물어볼게."

"끝났다는 말, 못 들었느냐?"

냥이가 손을 한 번 휘두르자, 마치 번개를 부르는 망치처럼 벽에 꽂혀 있던 곰방대가 냥이의 손으로 돌아왔다. 곰방대를 입에 문 냥이는 대통에 담뱃잎을 넣고서 부적으로 불을 붙였다.

"후우……."

입에서 나오는 연기는 냥이의 속을 대변해 주듯이 검고 검었다.

나를 내려다보는 검은색 눈동자처럼.

"……네놈은 안 나가고 지금 뭘 하고 있느냐."

뭘 하고 있긴.

냥이가 담배에 불을 붙이는 동안 와불(臥佛)처럼 방바닥에 누워서 궁금증을 해소하기 전에는 나갈 생각이 없다는 걸 온몸으로 표현하고 있지.

"한 가지만 알려 주신다면 바로 나갈 겁니다요~."

이렇게 보니까 돈만 갚으면 바로 사라져 주겠다고 말하는 채무업자 같군.

입장은 반대지만.

하지만 냥이는 정말로 많이 피곤해 보였고, 방바닥에 눌러붙은 껌딱지를 떼 내는 것이 귀찮아진 눈치였다.

"……무어냐."

평소보다 쉽게 내 부탁을 들어줬으니까.

그래서 나는 냥이에게 물어보았다.

"너, 오늘 찾아간 대요괴들한테 뭘 부탁했냐?"

곰방대를 문 냥이의 한쪽 입가가 살짝 위로 올라갔다가 금세 원래대로 돌아왔다.

그래도 내 눈을 피할 순 없었지만.

"하……."

냥이가 꼬리를 동그랗게 말고, 그 안에서 재떨이를 꺼내 담뱃재를 털며 귀찮다는 듯 말했다.

"네놈이 말하지 않았느냐. 대요괴들이 네놈의 정책에 참여하도록 설득하여 달라고."

이놈 봐라?

"그래서 분신술까지 써서 전 세계의 대요괴들을 만나, 온갖 수난과 굴욕을 당했느니라. 그 결과 반수나 되는 이들을 설득하였는데, 네놈은 지금 무슨 말을 하고 있는 것이느냐?"

무슨 말을 하고 있긴.

나는 슬그머니 일어나 앉아서 냥이를 마주 보았다.

피곤에 지쳐 평소보다 생기를 많이 잃었지만, 여전히 사람의 속을 훤히 들여다보는 깊은 눈동자를 말이지.

"이상하잖아."

"무엇이 말이느냐."

나는 냥이에게 말했다.

"네가 설득을 시도한 요괴들의 수가 너무 많아."

대는 소를 겸한다. 혹은, 다다익선이라는 말도 있지만 지금 내 상황에는 어울리지 않는 말이다.

"나중이라면 모를까 이제 막 설립한, 아니, 설립할 학교에서 500명이나 되는 대요괴들을 모두 수용할 수 없다는 걸 네가 모를 리가 없는데 말이지."

우리 집에 워낙 규격 외의 존재분들이 많이 계셔서 그렇지, 대요괴가 그렇게 가벼운 이름은 아니다.

……사실 나도 그렇게까지 실감은 안 나지만.

하지만 아야와 바둑이가 본모습으로 장난스럽게 한판 붙었을 때도 자연재해 수준의 피해가 벌어졌다.

그런 녀석들이 500명.

이제 막 설립한 학교에서 감당할 수 있는 수준이 아니지.

그래서 나도 처음에 5명이나 50명이라고 생각했던 거고.

하지만 냥이는 전 세계에 있는 대요괴들을 거의 다 찾아갔고, 그들을 설득하려고 했다.

왜?

무슨 이유로?

그 해답을 알고 있는 냥이는 곰방대를 내려놓고는 턱을 쓰다듬고 있었다.

하고 싶은 말이 있으면 더 해 보라는 듯이.

그러면 해야겠지요.

"물론, 너를 의심하는 건 아니야."

먼저 안전벨트부터 차고서.

"그냥 네가 그 녀석들한테 뭘 부탁했는지 확실하게 알고 싶은 것뿐이니까 숨기지 말고 말해 줘."

나는 냥이에게 말했다.

"너, 대요괴들한테 뭘 부탁한 거냐."

입을 여는 냥이의 표정은 조금도 변하지 않았지만, 그 꼬리만은 마치 들뜬 것같이 살랑살랑 흔들렸다.

"된장과 청국장도 구분 못 하고 어리바리하던 놈이 꽤 많이 늘었구나."

"네 덕분에 된장국도 청국장도 끓일 수 있게 됐지."

"고얀 놈."

소리 낮춰 웃은 냥이가 말했다.

"그래. 네가 말했듯이 이제 막 설립될 네놈의 학교가 그 많은 녀석들을 감당할 수 있을 리가 없겠지. 사람이 아니라 구렁이이지 않을까 의심되는 그 음험한 것이 힘쓴다 한들, 힘든 일일 것이니라."

불가능하다고 말하지 않은 게 무서워진 내게 냥이가 말을 이었다.

"그렇기에 나는 내가 총애하는 몇몇에게만 네놈의 뜻과 함께해 달라고 부탁을 하였고, 다른 아이들에게는 개인적인 부탁을 하였느니라."

"……어떤 부탁?"

냥이가 슬쩍 허리를 앞으로 숙여 거리를 좁혀 왔다.

"내, 맷돌보다 무거운 머리로 거기까지 짐작한 네놈의 노력이 가상하여 대답해 주겠느니라."

그에 답하듯 나도 앞으로 몸을 숙였고, 한 뼘만큼의 거리를 두고 얼굴을 마주했을 때.

"네놈에게만은 알려 주기 싫다는 사실을 말이다."

나는 스트레스를 해소한 것처럼 상쾌한 미소를 짓고 있는 냥이에게 말했다.

"야, 인마. 그게 뭐…… 켁?!"

하지만 말이 입에서 채 다 나오기 전에 갑자기 누군가가 목덜미를 잡고서 뒤로 확 잡아당겼다. 깜짝 놀라서 고개를 뒤로 젖혀 보니 곰방대를 입에 물고서 한 손으로 나를 질질 끌고 가고 있는 냥이가 있었다.

내 눈앞에도 냥이가 있고!

분신술? 지금 분신술 쓴 거야?

"손님 나가신다."

"알겠느니라."

자기들끼리 말을 주고받은 냥이는 당황한 나를 그대로 추운 방 밖으로 내던지듯 쫓아냈다.

나를 끌고 나왔던 냥이는 이내 부적으로 변한 뒤 불타올랐고, 나는 멍하니 굳게 닫힌 문을 바라봐야만 했다.

"야! 그거 하나 알려 주는 게 그렇게 힘들어?!"

대답은 없었고, 날은 추웠다.

"치사하게."

나는 투덜거리며 추위를 피해 안방으로 돌아갔다.

* * *

그 후에는 별일 없이 평온한 시간을 보냈다.

촬영은 시간이 늦었다는 이유로 내일로 미루어졌거든.

그렇게 잠시 아무 생각 없이 아이들과 신나게 놀다가 늦은 밤이 되었을 때.

"후우~."

나는 나래의 부탁, 아니, 명령대로 **몸과 마음을 단련한 뒤** 방으로 돌아왔다.

나래가 없어서 조금은 횟수를 줄이긴 했지만, 이건 어쩔 수 없는 일이었습니다!

나 같은 초심자가 도와주는 사람도 없는데 무리를 하면 안 되잖아?

사고라도 나면 어떻게 해?

……뭐, 그래도 피곤한 건 매한가지지만.

나는 장롱에서 이불을 꺼내 바닥에 깔고, 불을 끈 뒤 차가운 이불 속으로 들어갔다.

으~.

겨울은 이게 싫어.

빨리 봄이 왔으면 좋겠다.

그렇게 생각하며 나는 두 눈을 감았다.

"자?"
밖에서 들려오는 목소리에 바로 눈을 떴지만.
나는 이불 속에서 몸을 일으키며 말했다.
"아니."
조금 졸리긴 하지만 힘든 일을 마치고 돌아온 사랑하는 소꿉친구를 만날 시간 정도야 넘치고 남았으니까.
"들어와."
내 말에 나래가 방문을 열고 들어왔다.
나래는 검은색 롱 패딩을 입고 있었다.
날이 추우니까 말이죠. 겨울에 롱 패딩만큼 따듯한 옷이 어디 있겠어?
사실 저도 롱 패딩이 좋긴 하지만, 아이들이 달라붙는 경우가 많아서 입지 않고 있습니다.
그럴 경우에는 패딩 안으로 아이들을 끌어안으면 된다고 생각할지 모르겠지만, 그건 뭘 모르는 이야기다.
그럴 경우 아이들을 놓아줄 수 없는걸!
아이들을 패딩 속에 가두고서 봄이 올 때까지 지내고 말 거야!
지금과 아무 상관없는 생각을 하고 있는 동안.
나래는 방 안에 들어와 문을 닫고는 롱 패딩을 벗어 옷걸이에 걸었다.
"……어?"
그리고 나는 잠시 넋이 나갔다.
나래는 롱 패딩 안에 페이가 잠옷으로 애용하는 계열의 네

글리제를 입고 있었으니까.

어, 음, 그런데 나래가 입으니까 파괴력이 다르구나.

무엇보다 어둠 속에서도 환히 빛나는 나래의 새하얀 피부와 잘 어울리는 분홍색이라는 점이 크다.

거짓말이었습니다.

체형의 차이가 가장 큽니다.

그걸 바라보는 사람의 마음가짐도 말이죠.

나는 더 이상 보고 있으면 안 될 것 같다는 생각에 이불을 높이 들어 올려 시야를 가리며 나래에게 말했다.

"너무 야한 것이니라!"

"……."

이게 아닌가?

"너무 야한 거예요!"

"…………."

이것도 아닌가 보다.

"너무 야한 거 아니야, 이 음란아?!"

"………………."

그만하자.

나도 살짝 기분이 나빠졌고, 어느 정도 평정심을 되찾았으니까.

나는 이불을 내리고 이쪽을 한심하게 내려다보고 있는 나래에게 말했다.

"지금 온 거야?"

"……그 전에 할 말 없어?"

심술이 난 것처럼 뾰로통해진 나래에게 나는 말했다.

"예뻐. 섹시해. 최고야."

내 뇌가 통구이가 될 정도로 말이지.

"고마워, 성훈아."

고마운 건 나다.

정말로.

혈액 순환에 도움이 돼서 내 수명이 10년은 더 늘어난 것 같거든.

그냥, 오우야, 어휴, 뭐라고 말을 못하겠네.

그렇게 이성을 잃고 뚫어지게 보고 있자니.

나래가 한 팔로는 양쪽 가슴을 짓누르고, 다른 한 손으로는 허벅지 사이를 가리며 살짝 떨리는 목소리로 말했다.

"너, 너무 빤히 보지는 마."

"미, 미안."

나는 억지로 고개를 들어 나래의 얼굴을 보았다.

어두운 방이지만 티가 날 정도로 나래의 볼은 붉게 물들어 있었다.

그 수줍은 표정을 이 야밤에 대담한 속옷을 입고 한창때의 남자 고등학생이 혼자 있는 방 안에 들어온 나래가 짓고 있자니, 지금까지 내 안에 억눌려 있던…….

아니, 아니. 내가 무슨 발정 난 짐승도 아니고!

발정은 난 것 같지만!

"그런데 안 추워?"

아무리 따듯하게 난방을 해 놨다고 해도, 겨울은 겨울이다. 저렇게 얇은 옷을 입고 있는데 춥지 않을 리가 없다.

"추워."

그러면 다시 패딩을 입으세요.

그렇게 말하기에는 조금이라도 지금의 나래를 바라보고 싶다는 내 안의 욕망이 너무나 크다는 것과, 그런 말을 해서는 안 된다는 눈치 정도는 있었기 때문이다.

비율로 따지면 9:1 정도 되겠지.

그리고 내 욕망은 제멋대로 입을 움직였다.

"그, 그러면 들어올래?"

내가 덮고 있는 이불을 슬쩍 들어 올리는 것과 함께 말이지.

"응."

나래는 거절하지 않고 내 이불 안에 들어왔다.

조금 전만 해도 차가웠던 이불 속이 두 명의 체온으로 인해 순식간에 후끈후끈해진 것 같은 기분이 든다.

……그런데 나래 님.

왜 갑자기 제 베개에 머리를 대고 누우십니까?

"성훈아, 그렇게 있으면 바람 들어와서 추운데."

왜 저한테도 눕기를 권하시고요?

"어, 어."

하지만 나는 명령과도 같은 나래의 부탁을 들어줄 수밖에 없었다.

그렇게 나는 나래와 한 이불을 덮고 누웠다.

……이게 얼마만이지? 여름에 랑이와 세 명이서 같이 잠들었을 때 이후로 처음 아닌가?

그때와 다른 게 있다면 나와 나래 사이에 랑이가 없고, 다른 사람의 체온이 그리워지는 겨울이라는 거지. 배게도 하나밖에 없어서 나눠 쓰고 있다 보니까, 나와 나래의 사이는 코가 맞닿을 정도로 가까워져 있었다.

지금 살짝 고개만 틀어 가져다 대면 당장이라도 저 분홍빛의 촉촉한 입술에 입맞춤을 할 수 있을 정도로.

살짝 숨을 쉬는 것만으로도 나래의 향긋한 체취에 내 이성이 흠뻑 취할 정도로.

하지만 오해하지 마라!

야한 생각은 많이 하고 있으니까!

아니, 이게 아니라!

이러다가 큰일 치르는 거 아니야?!

"풋."

하지만 그런 걱정은 나래의 작은 웃음소리와 함께 사라진 분홍빛 기류와 먼 곳으로 가 버렸다.

"걱정하지 마. 오늘은 안 잡아먹으니까."

"……상당히 무시무시한 말씀을 아무렇지 않게 하시네요."

"그러면 옛날처럼 해 주는 게 좋아?"

장난스럽게 말한 나래가 슬쩍 손을 내 옆구리 위에 올려놓았다.

"응?"

하지만 내 신경은 나래의 손이 닿은 옆구리가 아닌 다른 쪽에 집중이 되어 있었다.

알다시피, 나래는 우리 집에서 가장 가슴이 크다.

원래도 컸지만 신내림을 받은 이후 더욱 커졌다.

조금씩이지만 지금도 커지고 있고!

당연히 이렇게 지근거리에서 옆으로 누워 서로를 바라보고 있으며 닿아 버린다.

가슴과 가슴이.

브래지어를 하지 않아 그 부드러움이 온전히 느껴지는 가슴의 끝이 내게 닿는다는 이야기다.

그래서 나는 이 작은 이불 속에서 조금이나마 나래와 거리를 벌리려 노력하며 대답했다.

"어느 쪽이든 좋아."

"정답."

나래가 소리 죽여 웃었다.

그 모습이 지금의 상황과 이불 속 옷차림과 달리 천진난만했기에, 나는 어느 정도 이성을 되찾을 수 있었다.

"그래서 무슨 일이야?"

나래가 새침하게 미소 지으며 말했다.

"무슨 일이긴? 나한테 그런 말까지 해 놓고서."

그런 말?

무슨 말씀이신…….

아.

전화를 끊기 전에 했던 그거!

"모르는 척하기야?"

사람이 이래서 입을 조심해야 한다는 겁니다.

"……이런 의미는 아니었는데요."

나래가 내 옆구리를 손가락으로 꾸욱 눌렀다.

"알아."

"그러면?"

나래가 말했다.

"그냥 오랜만에 같이 자고 싶어서 왔어."

나는 말을 고르고 골라 입에 담았다.

"……그런 옷을 입고 말이죠."

다시 말해, 다른 꿍꿍이가 있는 건 아니냐는 말이다.

하지만 나래는 태연하게 내 추궁을 받아쳤다.

"아, 이건 어쩔 수 없었어. 언니들하고 내기했거든."

"내기?"

곰의 일족 누님들하고?

"이걸 입고 유혹했을 때 성훈이가 넘어가나, 안 넘어가나 하고 말이야."

나래가 슬쩍 이불을 들어 올려 자신의 가슴골을 훤히 드러내며 내게 말했다.

"이랬는데도 덮치지 않으면 남자가 아니라는데?"

곰의 일족 누님들께선 나를 너무 우습게 보고 있군.

지금도 내 이성은 진탕 흔들리고 있지만!

하지만 눈앞의 잘 여문 과실에 손을 대어 행복한 미래를 포기할 바보는 아니다!

"남자가 아니라고 전해 줘."

나래가 웃었다.

"몸은 정직하면서 무슨 소리야?"

슬쩍 몸에 닿은 나래의 탄력적인 허벅지에, 지금껏 쌓아올린 모든 인내심을 발휘해 모르는 척을 하며 말했다.

"그래서 넌 어느 쪽에 걸었어?"

"견디는 쪽으로."

"이겼네."

"지는 쪽이 더 좋지만."

"안타깝게 되셨습니다."

"하아~ 그러게 말이야."

장난스럽게 한숨을 내쉰 나래가 손을 들어 내 얼굴을 쓰다듬으며 말을 이었다.

"이런 안타까운 관계는 언제까지 계속될 수 있을까?"

한 방 먹은 느낌이다.

지금 상황에서 그 이야기를 꺼낼 줄은 몰랐으니까.

지금껏 나래의 육체에 영향을 받아 쿵쾅거리던 심장이, 지금은 다른 이유로 빠르게 뛰기 시작한다.

하지만 난 최대한 평소와 같은 표정을 짓고 여느 때와 같은 목소리로 말하기 위해 노력했다.

"음~ 글쎄요. 나래 님께서 각오만 해 주신다면 언제까지나 행복하게 살았습니다, 라는 엔딩도 지금 당장 가능한데요."

나한테 핀잔 주기 쉽게 일부러 농담처럼 말했지만, 나래는 그저 내 볼에 손을 올리고 시선을 마주한 채 침묵만을 지켰다.

어둠 속에서도 아련하게 빛나는 그 눈동자에 빠져드는 게 아닐까 생각이 들었을 때.

나래가 오랜 침묵을 끊었다.

"사실 그러는 게 좋지 않을까, 하는 생각도 가끔 들곤 해."

내가 상상하지도 못한 이야기를.

"랑이하고 치이하고 페이하고 아야하고 성의 언니도 다 좋은 사람들이니까."

왜 여기서 치이와 페이와 아야까지 언급하냐고 묻지 않을 정도의 눈치는 내게도 있다.

"랑이는 말할 것도 없고, 언니도 조금 엉뚱한 면이 있지만 언제나 너를 생각해 주고…… 아이들도 그렇잖아? 아직 너에게 **남자**보다는 다른 걸 바라고 있는 것 같지만."

나는 고개를 끄덕였다.

"다들 너하고 조금이라도 더 긴 시간을 같이 보내고 싶어 하는 게 내 눈엔 보여. 그러면서도 서로를 위해 조금씩 양보하는 것도."

나래가 쓰게 웃었다.

"그걸 보고 있자면 나도 그러는 게 좋지 않을까 하는 생각이 가끔씩 든다? 언니하고 랑이하고 치이하고 페이하고 아야

하고 조금씩 양보해서 지금까지처럼 행복하게 지내는 미래도 좋지 않을까 하고 말이야."

나래의 손이 볼을 타고 흘러내렸다.

"나도 이젠 **그녀**들이 가족같이 느껴지고, 이런 일로 헤어지긴 싫으니까."

아래가 아닌 옆으로.

"그런데 말이야, 성훈아."

정확히, 내 목을 향해서 말이다.

"그래도 난 널 독점하고 싶어."

갑자기 섬뜩해지는데요, 이거.

"네가 나만을 바라봐 줬으면 해."

이러다가 나래한테 목 졸려 죽는 거 아니야?

"이건 내가 욕심이 너무 많은 걸까?"

물론 농담이지만.

"응."

그래서 나는 진심으로 대답할 수 있었다.

"그래도 나보다는 안 될걸?"

사실 나만큼 욕심 많은 놈이 어디 있겠냐.

사랑도 챙기고 싶고, 가족들도 챙기고 싶고, 내 손에 들어온 건 하나도 놓치고 싶지 않다.

내가 무슨 고생을 하더라도 그것들을 모두 내 손에 쥐고 싶어.

그게 내 능력에서 벗어나는 일이라 해도 말이지.

나래는 피식 웃고는 말했다.

"하긴 그래. 넌, 욕심이 너무 많아서 세 살림을 차리고 싶어 할 정도니까. 안 그래, 성훈아?"

새살림이 아니라, 세 살림이라는 걸 겨우겨우 알아챌 수 있었다.

"……제가 애정 결핍이라서 말입니다."

나래가 손을 옮겨 내 머리를 쓰다듬으며 말했다.

"그래요? 우리 성훈이, 외로웠쪄요? 그럼 엄마 쮸쮸 빨래요?"

큰 유혹을 이겨 내는 데는 많은 시간이 필요했다.

"나중에."

"나중에, 언제?"

"글쎄요."

그렇게 서로를 바라보며 기 싸움 아닌 기 싸움을 벌인 지 얼마나 지났을까.

나래가 말했다.

"내일 시간 난대."

갑자기 무슨 소리인가 싶었지만, 나는 이내 내가 전화로 부탁했던 첫 번째 일에 대한 이야기라는 것을 깨달았다.

조금 전에 나눴던 화제는, 지금 당장은 다시 봉인하기로 한 거겠지.

좋은 일인지 나쁜 일인지 잘은 모르겠지만 나는 그에 따라 주기로 했다.

"어느 쪽이?"

"양쪽 다."

그렇구나.

조금은 의외다. 전요협 쪽은 나를 만나기도 싫어할 줄 알았거든.

그런데 말이다.

나래가 전한 건 나름 좋은 소식인데, 정작 당사자는 이상하게 미묘한 표정을 짓고 있었다.

곤란해하는 것 같으면서도 즐거워하는 것 같기도 하고, 뭔가가 걱정되는 감정이 얽히고설켜 있는 것 같다고 할까?

“왜 그래? 약속 잡으면서 무슨 일 있었어?”

“……없었다면 거짓말이지만.”

나래가 고개를 돌려 눈을 피하며 말했다.

“넘어가 주면 안 될까?”

제 예감이 경고하고 있습니다.

지금 넘어가 주면 나중에 반드시 내 정신 건강에 좋지 않은 일이 벌어진다고 말이죠.

“나쁜 일은 아니니까, 응? 성훈아앙~.”

하지만 지금 넘어가 주지 않으면 나래의 육탄 애교에 내 정신 방벽이 녹아내려 버릴 것 같다.

“아, 알았어.”

“고마워.”

고마우면 저한테 조금 떨어져 주세요, 나래 님.

제 다리 위에 올리신 허벅지도 원래대로 돌려놓아 주시고, 허리를 끌어안은 팔도 제자리로 향해 주시고요.

그런 내 시선에 담긴 열망을 제대로 읽었는지 나래가 다시금 거리를 벌렸다.

그럼에도 내 몸 안에서는 후끈후끈한 열기가 가라앉을 생각을 하지 않았고, 나는 나의 행복한 결혼 생활을 위해 내일 일에 대해 계속 물어보기로 했다.

"그, 그래서 시간은?"

살짝 목소리가 삐끗했지만, 나래는 못 들은 척 넘어가 주었다.

"한쪽은 어느 때든 오라고 했고, 한쪽은 시간 날 때 찾아온다고 했어."

나는 살짝 인상을 찌푸리며 말했다.

"올 수 있을까?"

이 집에는 세희가 만든 결계가 쳐져 있으니까 말이지.

평범한 요괴는 건드리지도 못하고, 대요괴 정도 되어야 어떻게 뚫어 볼 시도를 할 수 있는 결계가.

……그런 것치고는 잊을 만하면 뚫리긴 하지만, 그건 상대가 상대니까 그런 거다.

그런데 나래는 왜 어이없다는 표정으로 나를 보고 있는 걸까?

"왜?"

"다른 건 신경 안 쓰여?"

"뭐가?"

나래가 피식 웃으며 내 코를 살짝 건드렸다.

"정말, 사람만 좋아서."

그제야 나는 나래가 무슨 말을 하고 싶었는지 알 수 있었다.

나는 '찾아온다.'에, 나래는 '시간 날 때.'라는 부분에 집중했다는 거지.

"그 정도면 감지덕지지, 뭐. 지금까지 연락도 없이 찾아온 사람들이 한둘이야?"

참고로, 우리 집 식구들 대부분은 약속도 없이 갑자기 쳐들어온 애들입니다.

그 사실을 알고 있는, 그리고 서울에서 갑자기 지리산으로 찾아와 나를 놀라게 했던 사람 중 한 명인 나래가 고개를 끄덕이며 말했다.

"하긴 그래."

나도 피식 웃고는 나래에게 다시 한번 물었다.

"그래서 괜찮을 것 같아?"

"자신 있는 것 같던데?"

으음~ 불안한데.

자신이 있다 해도 내가 찾아가는 게 더 좋지 않을까 생각했을 때.

"요괴의 왕이 그렇게 엉덩이가 가벼우면 안 되는 거 아니야?"

나래가 여러 의미로 받아들일 수 있는 말을 했다.

"……아무 말도 안 했는데요."

나래가 일부러 눈을 크게 뜨며 말했다.

"네가 뛰어 봤자 손바닥 안이라는 거, 아직도 몰랐어?"

모를 리가 있나.

그래서 난 화제를 돌렸다.

"그것보다, 부탁 들어주느라 힘들었어?"

"아니? 양쪽 다 연락을 기다리던 눈치였는걸."

정부나 전요협이나 말이지.

"그래? 다행이다."

"응. 그러게."

하긴, 내가 먼저 만나자고 할 걸 알고 있었나 보다.

그런 짓을 일으키고, 그런 일이 일어났는데 내가 지금까지처럼 침묵을 지키면 문제가 있는 거니까.

"긴장돼?"

긴장이라.

"아니."

옛날이었다면 모를까 지금은 그다지 긴장은 되지 않는다.

왜 그럴까.

지금까지 겪은 일이 한두 가지가 아니어서?

아니면 지금도 내 방구석의 커다란 금고 안에 보관되어 있는 물건의 위험성 때문에?

그것도 아니라면 밤하늘이라는 초월적인 존재와 만났기 때문일지도 모르고.

어쨌든, 내 마음은 평안과 평온 그 자체다.

속이 훤히 비치는 네글리제를 입은 나래가 지금 나와 같은 이불을 덮고 있지 않았다면, 호수같이 잔잔한 마음을 간직한 채 푸욱 잠들었을 정도로.

다시 말해서, 지금은 나래 덕분에 몸이 살짝 굳어 있다는 말입니다.

"너무 걱정하지 마."

하지만 나래는 그걸 다른 의미로 받아들인 것 같다.

"지금까지 잘해 왔으니까."

내 머리를 부드럽게 안아 자신의 가슴팍에 끌어안은 걸 보니까.

"응."

그리고 나는 나래의 오해를 풀지 않기로 했다.

이대로 있고 싶었거든.

"하암~ 나도 오늘 바빠서 그런가 많이 졸리네. 이대로 자자."

……그렇다고 이 상태로 자고 싶지는 않은데요.

잠이 올 것 같지도 않고.

나는 나래에게 풀어 달라고 말을 하려고 했지만.

"아애 이임?"

입에서는 말이 되지 못한 소리만이 새어 나왔다. 입술을 제대로 움직일 수가 없었거든.

"간지러우니까 말하지 말고."

거기다 내가 원하던 것과 달리, 나래는 내가 안고 자는 배게라도 된 듯 한층 더 꼬옥 껴안았다.

벗어나려고 용을 써 봤지만, 나래의 두 팔은 강철같이 단단해져서 꿈쩍도 하지 않는다.

이제는 입을 움직이는 것마저 거의 불가능해졌고, 그나마 다행이라면 숨은 쉴 수 있다는 것 정도?

아니, 도대체 이런 상태에서 나보고 어떻게 자라는 거야?!

……하지만 육체적으로도 정신적으로도 지친 내 몸은 내 생각과는 달리 너무나 쉽게 잠들어 버리고 말았다.

다섯 번째 이야기

까치가 우는 소리를 듣고 자리에서 일어났을 때.

잘 때는 네 개였던 다리가 일어나 보니 여섯 개가 되어 있는 현실과 마주할 수 있었다.

어느새 내 방에 온 랑이가 나래의 한쪽 가슴에 얼굴을 묻고 뭔가를 쪽쪽 빨며 쿨쿨 잠들어 있었거든.

……예전에도 지금과 비슷한 일이 있었던 것 같은데.

그리고 인간은 경험을 통해 좀 더 나은 미래로 나아가는 법이다.

나는 나래와 랑이가 깨지 않게 조심히 이불 속에서 기어 나와 패딩을 걸치고 밖으로 나왔다.

아직 잠들어 있을 시간이라는 듯, 하늘은 여전히 어둡고 공기는 차가웠다.

"으~ 춥구만."

나는 따듯한 이불 속으로 다시 기어 들어가고 싶은 욕구를 억누르며, 종종걸음으로 목욕탕으로 향했다.

그렇게 뜨거운 물로 샤워를 한 뒤.

시원한 물이라도 마실까 싶어 부엌으로 간 나는, 요리에 한창인 치이를 볼 수 있었다.

"일어나신 거예요?"

"어, 잘 잤어?"

"그런 거예요."

치이는 까마귀가 그려진 앞치마를 하고 받침대 위에 서서 파를 썰고 있었다.

기분 같아서는 살짝 농담을 건네거나 장난을 치고 싶지만, 부엌에서 그러면 큰일 나죠.

특히 칼질을 하고 있을 땐.

부엌에서 칼에 찔린 적이 한 번 있기도 하고.

그래서 난 냉장고에서 물을 꺼내 마신 뒤, 치이와 이야기를 나누는 것으로 만족하기로 했다.

"아침은 뭐야?"

"쇠고기 뭇국인 거예요."

쇠고기 뭇국만큼 아침에 좋은 메뉴가 또 있을까.

물론, 그것만이 아침 식단의 전부는 아니다.

그걸 증명하듯, 상 위에는 조리가 끝난 반찬들이 놓여 있었다.

갈비찜에 소고기 육전에, 소시지 볶음에, 겉절이에, 오징어무침, 제육볶음에, 돼지 불고기에, 소고기 장조림에, 계란 말이에…….

나는 동물성 단백질과 지방으로 이루어진 반찬들을 바라보며 치이에게 말했다.

"세희는?"

우리 집에서 아침부터 이 정도로 고기 파티를 여는 건 세희밖에 없으니까.

분명, 치이와 함께 아침을 준비하며 자신의 의견을 밀어붙였겠지.

참고로 나래와 치이는 균형이 골고루 잡힌 식단을 선호한다.

치이가 얇게 썬 파를 쇠고기 뭇국을 끓이고 있는 냄비 안에 집어넣으며 말했다.

"할 일이 있다고, 저한테 마무리를 맡기고 잠깐 자리를 비우신 거예요."

"……아침부터?"

"세희 언니인 거예요."

하긴, 우리 집에서 가장 많은 일을 하는 게 세희니까.

그러면 나도 세희를 본받아서 조금이라도 집안일을 해 볼까?

"그보다 오라버니."

"응?"

"괜히 할 거 없나 기웃거리지 말고 안방으로 가시는 거예요."

"티 났어?"

"엄청 기웃거리고 계셨던 거예요."

“그럼 당당하게 도와줘도 되겠군.”

“싫은 거예요.”

“백지장도 맞들면 낫다는 말도 있잖아.”

내가 쉽게 물러나지 않을 것처럼 보였는지, 치이가 정색하며 말했다.

“안 그래도 신경 쓸 일 많은 오라버니한테 집안일까지 떠넘기는 나쁜 동생으로 만들 생각이신 건가요?”

“…….”

어깨가 추욱 내려간 나를 보고 당황한 치이가 귀 위 머리카락을 격하게 파닥인 뒤.

부엌칼을 내려놓고, 가스레인지 불을 약하게 틀고서 내게 말했다.

“왜, 왜 그렇게 침울해진 건가요? 지금은 오히려 기뻐하셔야 하는 거 아닌가요?”

당연히 기쁘다.

오빠를 생각해 주는 착한 여동생이 있는데 어찌 기쁘지 않을쏘냐.

하지만 치이가 평소보다 목소리에 힘을 준 이유가 어제 있었던 전요협의 기자 회견 때문이라는 걸 알고 있어서 말이죠.

이 못난 오라비 때문에 네가 이것저것 신경 써 주는 것 같아서 미안하거든.

아이들은 아무 걱정 없이 하고 싶은 걸 하고, 꿈을 키우고, 다시는 돌아오지 않을 유년기를 즐겨야만 하는 법이거늘.

"오라버니?"

아, 생각이 조금 길어졌네.

나는 걱정스러운 눈으로 나를 올려다보고 있는 치이에게 말했다.

"아니, 기뻐. 그런데 치이가 껴안아 주면 더 기쁠 것 같아서 그래."

"……."

치이가 순식간에 눈매를 가늘게 하든 말든, 나는 양팔을 크게 펼쳤다.

자! 와라! 치이야! 이 오라버니는 준비가 되어 있다!

"……아우우우, 오라버니는 정말 어쩔 수 없는 거예요."

치이는 푸욱, 깊은 한숨을 쉬고서는 완전히 몸을 돌리고 주변을 이리저리 둘러본 다음.

"이런 일로 기운이 나면 몇 번이든지 해 드리는 거예요."

……다른 애들이 없을 때만요.

그렇게 들릴락 말락 한 말랑말랑한 목소리로 이야기하고서는 나를 끌어안아 주었다.

"일찍 일어난 새가 먹이를 잡는다더니, 지금이 딱 그런 꼴이군요."

"꺄우우우우?!"

그것도 잠시였지만.

깜짝 놀란 치이가 행여나 사고를 치기 전에, 나는 치이를 안은 채 반 바퀴 돌아 안전을 확보하며 세희에게 말했다.

"부엌에서 장난치지 말라고 누가 말했더라?"

"장난, 말입니까?"

평소의 무표정이 살짝 깨져 있는 세희가 소매에서 랑이의 발톱으로 만든 부엌칼을 다섯 개나 꺼내서는 저글링을 하기 시작했다.

……그래, 이런 건 장난 축에도 끼지 못한다는 거지.

그렇다고 딴죽을 걸기에는 왠지 모르게 평소보다 기분 나빠 보이는 세희가 저 부엌칼을 어떤 용도로 쓸지 무섭다.

그래서 나는 조용히 이야기를 돌리기로 했다.

"그보다……."

"그, 그만 놓아주시는 거예요!"

아, 그렇군.

나는 품에서 파닥이고 있는 까치 한 마리를 내려놓았다.

치이는 귀까지 빨개진 채, 다시금 받침대 위에 올라가서는 국자로 쇠고기 뭇국에 떠오른 거품을 걷어내기 시작했다.

마치, 아무 일도 없었다는 듯.

그 귀여운 모습에 나도 모르게 웃음이 흘러나왔지만, 치이가 새치름하게 눈을 흘겨서 모르는 척했다.

"그래서 어디 갔다 온 거야?"

세희가 그것도 모르냐는 듯 짜증 섞인 목소리로 말했다.

"오늘 주인님께서 서울로 외출하시지 않습니까. 그를 위한 준비를 하러 잠깐 다녀왔습니다."

이 녀석한테는 비밀 같은 게 없죠.

그런데 왜 저렇게 기분이 나빠 보이는 거지?

사람이 많은 곳에 갔다 와서 그런 건가?

아니면 서울의 미세 먼지 때문에?

……그냥 세희에게 물어보자.

그렇게 생각했지만.

"꺄우우우?! 서울로 올라가시는 건가요?! 오라버니가요?!"

치이가 생각 외로 깜짝 놀란 걸 보니 나중으로 미루는 게 좋겠다.

나는 자기 오빠를 자기가 원해서 지리산 깊은 곳에 틀어박힌 뒤 외출을 하지 않는 사람으로 생각하고 있지 않고서야 나올 수 없는 격한 반응을 보인 치이에게 말했다.

"볼일이 있어서."

"도, 도대체 무슨 일인데 오라버니께서 서울까지 가신다는 건가요?! 괘, 괜찮으신 건가요?"

아니, 그래도 너무 당황한다?

"왜긴 왜겠습니까."

세희가 한심하다는 듯 말했다.

"시기가 안 좋지 않습니까."

아, 그거였냐.

나는 걱정 반 불안함 반으로 나를 올려다보고 있는 치이에게 말했다.

"걱정할 거 없어. 혼자 갈 생각도 없고, 위험한 일도 아니니까."

"아우우우, 그래도 걱정되는 거예요."

뭘 그렇게 걱정할 게 있냐고 말하려고 할 때.

치이가 내 옷 끝자락을 잡으며 말을 이었다.

"페이를 보면 알겠지만, 몸이 힘든 일만 힘든 게 아닌 거예요. 오라버니께서 서울에 올라가셔서 나쁜 걸 보고, 들어서 심적으로 힘들어하시지 않을지 걱정되는 거예요."

……음.

그건 생각 못 했구나.

육체적인 폭력만이 폭력은 아니니까.

페이를 보면 알겠지만, 그 녀석.

요괴넷을 관리하면서 정신적으로 지치는 일이 상당히 늘어났다. 지금이야 다른 부운영자를 몇몇 구해서 예전보다야 나아졌지만, 그래도 힘든 건 힘든 거다.

치이가 걱정하는 것도 그런 거겠지.

실제로 저번에 서울에 올라갔을 때, 폐허처럼 변한 우리 집을 보고 마음이 많이 아팠으니까.

하지만.

"걱정할 거 없어."

"꺄우우우?!"

내가 와락 껴안자 치이가 새된 비명을 질렀지만, 놓아줄 생각은 없다.

"나한테는 너희들이 있으니까."

품 안의 온기를 기억하고 있는 이상.

내 품 안에 아이들이 있는 이상.

나는 아무리 힘든 일을 겪더라도 일어날 수 있다.

가장이라는 건, 그런 거라고 생각해.

……일어나는 데 시간이 조금 오래 걸릴 수도 있겠습니다만.

"이, 이만 놓아주시는 거예요!"

놔주는데도 말이야.

"사진으로 찍어 선전물을 만들어 배포해도 될 정도로 정다운 오누이의 모습이로군요."

"꺄우우우!!"

하지만 옆에 세희가 있기에 나는 아쉬움과 고통을 뒤로하고 치이를 놓아주었다.

"억!"

내가 세희의 눈치를 보며 애정 행각을 벌일 놈은 아니지만, 치이가 부끄러워서 온갖 발버둥을 쳤거든.

나는 고통이 샘솟듯 올라오는 정강이를 손으로 비비며 치이에게 말했다.

"그렇다고 발로 차냐!"

"음흉한 오라버니한테는 이 정도도 싼 거예요!"

내가 뭐가 음흉하다고!

받침대 위에 있다는 걸 생각 안 하고 평소처럼 끌어안았다가 많이 미묘한 부분을 손으로 쥐었다는 것 말고는 떳떳…….

아, 더 있구나.

다리에서 올라오는 격통을 이기지 못하고 쭈그려 앉은 채

위를 올려다보자, 짧은 치마 안쪽으로 뭔가가 보였거든.

하지만 이건 어디까지나 우연이고, 나는 착한 오빠이기 때문에 아무것도 못 본 척하기로 했다.

"고통에 몸부림치시면서도 아녀자의 치마 속에 관심을 가지시다니, 감탄을 금할 수 없습니다."

못 본 척하기로 했는데!

"꺄우우우우!!"

세희의 이실직고에 얼굴이 새빨개진 치이가 급히 허벅지를 오므리고, 손에 잡히는 대로 내게 집어 던졌다.

그나마 다행인 건, 약간의 이성은 남아 있는지 날붙이는 던지지 않았다는 거지.

"아야야얏!"

그렇다고 국자라든가 숟가락이라든가 주걱이 맞아서 안 아프다는 건 아니다!

나는 결국 쫓겨나듯이 안방으로 도망쳐야 했다.

"후……."

급히 닫은 문 너머로 뭔가가 날아와 부딪치는 소리를 뒤로하고.

나는 이쪽으로 시선을 향한 가족들에게 손을 들어 아침 인사를 했다.

"잘 잤어?"

아직 졸린 눈을 한 랑이가 두 팔을 흐느적흐느적 하늘을 향해 들고서는 이쪽으로 걸어오며 말했다.

"아침 먹기 전까지 코오~ 하게 안아 주어라~."

우리 집 호랑이님께서는 제 품에 안겨 그대로 아침상이 나올 때까지 쪽잠을 주무실 생각이 역력해 보이십니다.

나는 그것도 나쁘지 않지만, 안타깝게도 방해꾼이 있었다.

"졸리면 다시 한번 세수하고 와, 이 잠꾸러기야."

"으냐아아~."

아야가 랑이의 꼬리를 잡아서 강제로 다시 자리에 앉혔거든.

하지만 랑이는 이대로 주저앉을 생각이 없다는 듯, 다시 일어났다.

아야가 다시 잡아당겼지만.

그렇게 몇 번 강제 앉았다 일어나기가 계속되자 볼을 부풀린 랑이도 마음을 달리 먹은 것 같다.

"그러면 아야의 꼬리라도 베개로 삼아야 하겠느니라."

먼 곳의 성훈보다 가까운 곳의 아야로.

"무, 무슨 소릴 하는 거야, 이 황당아?!"

아야는 기겁했지만, 그러거나 말거나 랑이는 지금까지 자신의 꼬리를 잡아당긴 대가를 받아 내야 하겠다는 듯 풍성한 아야의 꼬리에 몸을 던졌다.

"키이잉?!"

아야는 식겁해서 재빨리 꼬리를 앞으로 움직여서 두 팔로 안으려 했지만, 랑이가 누구냐.

인정하고 싶지 않겠지만, 우리 집에서 가장 순발력이 좋은 녀석이다.

"푹신하느니라아~."

결국 자신이 원하는 대로 아야의 꼬리를 두 팔로 끌어안고서 머리를 기댔다.

"뭐야?! 왜 밥보가 내 꼬리를 베개 삼는 건데?!"

아야가 꼬리를 빼내려 해도 랑이가 꼬옥 잡고 있어선지 꼼짝도 하지 않는다.

내가 보기에는 참 좋은 모습이지만, 여동생 사랑을 외치는 그 녀석이 보면…….

어? 냥이가 없네?

랑이가 있는데 냥이가 없다니, 도대체 무슨 일이지?

아, 맞다. 어제 많이 피곤해 보였지.

아마 늦잠을 자고 있나 보다.

그리고 누구보다 늦잠을 사랑하는 페이에게 자신의 허벅지를 빌려주고 있는 나래가 말했다.

"쟤는 정말……."

그런데 다른 한 손으로 아침에 랑이가 고개를 묻고 있던 오른쪽 가슴을 아프다는 듯이 매만지고 있는 것 같은데 말이죠.

으음…….

못 본 거로 하자.

계속 보고 있자면 여러 가지로 곤란한 진실까지 깨달아 버릴 것 같으니까.

그 대신 나는 나래 옆에 앉아 뜨개질을 하고 있는 성의 누나에게 말을 걸었다.

"누나, 성린은?"

평소라면 성의 누나에게 달라붙어서 떨어지지 않는 성린이 보이지 않았으니까.

"바둑이하고 같이 산책 나갔어요."

이제야 동녘에 해가 뜨기 시작하지만, 성린과 바둑이라면 걱정할 일 없겠지.

애초에 산책이라고 해도 지리산을 한 바퀴 도는 정도일 테니까.

……평범한 사람이라면 최소 6시간 정도를 땀 흘리며 걸어야 하는 거리지만.

그런데 한 가지 궁금증이 해소되자 다른 한 가지 궁금한 게 생겼다.

성의 누나가 뜨개질을 하는 건 오늘 처음 봤거든.

하지만 처음 해 보는 건 아닌지 꽤 손의 움직임이 능숙하다.

벌써 스웨터의 모습이 드러나고 있었으니까.

하긴, 견우성에서도 직접 옷을 만들었던 것 같으니 한두 번 해 본 일이 아니겠지.

나는 성의 누나 옆에 앉으며 말했다.

"뜨개질 시작했어?"

재봉의 스페셜리스트인 성의 누나가 내 질문에 상냥한 미소를 지으며 말했다.

"그래요."

그렇다고 대화가 이어진다는 이야기는 아니지만.

이럴 때 쓰라고 내가 학교에서 육하원칙을 배운 거겠지.

"왜?"

"세희가 추천해 줬어요."

'언제'를 물어봐야겠지만 '누가'의 자세한 정보를 더 듣고 싶다.

"……세희가?"

"그래요."

세희와 뜨개질.

아무리 생각해도 둘 사이에는 어떠한 연관성이 없어 보이는데 말이죠.

하지만 성의 누나는 뜨개질과 참 잘 어울리는 것 같다.

털실이 달린 바늘 두 개를 이리저리 엮으며 뜨개질을 하고 있는 성의 누나의 모습은, 마치 이야기 속에서나 볼 수 있는 다정한 어머니 같은 분위기를 물씬 풍기고 있었으니까.

하지만.

"화를 가라앉히는 데에는 뜨개질이 좋다고 했거든요."

……그 실상은 조금 다른 것 같군.

아무래도 어제 기자 회견 때문에 진심으로 화난 성의 누나가 사고를 치는 일을 막기 위해서 추천해 줬나 보다.

"성훈."

내가 봐도 좋은 방법인 것 같고.

"응?"

"잠시만요."

성의 누나가 스웨터를 내 몸에 대며 말을 이었다.

"성훈은 옷을 넉넉하게 입는 걸 좋아하나요, 딱 맞춰서 입는 걸 좋아하나요?"

으음~.

이걸 어떻게 말해야 하지?

사실대로 말하면 좀 품이 넓게 입는 걸 좋아한다.

편하잖아!

편한 게 최고라고!

하지만 그렇게 입고 다니면 좀 후줄근해 보인다는 게 문제다.

성의 누나가 처음으로 만들어 주는 옷인데 그러고 싶지는 않아.

조금 조이는 기분이 들더라도 딱 맞는 옷이 좋겠지.

그래서 나는 성의 누나에게…….

"성훈이는 좀 크게 입는 걸 좋아해요."

나래 님께서 진실을 말씀하셨습니다.

"그래요. 그러면 조금 더 크게 만들게요."

"그런데 그러면 옷맵시가 안 사니까 지금 사이즈가 좋을 것 같아요, 언니."

성의 누나가 살짝 고개를 갸웃거리며 나래에게 말했다.

"왜죠?"

나래가 장난기 감도는 미소를 지으며 말했다.

"그쪽이 보는 맛이 있잖아요?"

없는데요.

저 같은 시커먼 남자 놈이 옷을 어떻게 입고 다니든지 그게 무슨 상관입니까.

그렇게 시대에 뒤떨어진 생각을 하고 있는 내게 성의 누나가 말했다

"성훈."

"응?"

"보는 맛이 무슨 뜻인가요?"

성린의 빈자리를 이렇게 느끼게 될 줄은 몰랐는데 말이야.

나는 두뇌를 풀가동해서 성의 누나가 가장 쉽게 이해할 수 있는 말을 꺼냈다.

"성의 누나가 예쁜 옷을 입으면 나도 기분이 좋아진다는 것과 비슷한 말이야."

세상아, 보아라.

나는 이런 말도 아무렇지 않게 할 수 있는 사람이 되었다!

"그래요. 그런 거였군요?"

하지만 성의 누나의 평정심을 깨기에는 역부족이었던 것 같다.

"하지만 저는 성훈이 어떤 옷을 입든, 어떤 모습이든 사랑해요. 그러니 성훈이 편하게 입을 수 있도록 짜겠어요."

할 말이 없어진 내게 성의 누나가 물었다.

"괜찮나요?"

"으, 응."

얼굴이 화끈거리는 걸 보니 오히려 내가 당한 것 같은데.

"……아침부터 깨가 쏟아지는 거야, 저 바람둥이."

누가 바람둥이라는 거냐.

애초에 바람도 아닌데.

"나도 뜨개질, 뜨개질을 배워야 하겠느니라!"

랑이가 털실을 가지고 장난만 치는 미래가 보입니다.

지금 얼굴을 파묻고 있는 아야의 꼬리처럼 말이지.

그보다 가족들 대부분이 모여 있으니, 서울에 갈 일이 있다고 이야기해 놔야겠네.

밥 먹으면서 해도 괜찮겠지만, 지금 이 상황에서 도망치고 싶으니까 말이야!

"아, 그런데 말이야."

"왜, 부끄러워?"

내 속을 훤히 들여다보고 있는 나래의 일침에 나는 "크흠!" 헛기침을 하고서 다시 입을 열었다.

[도망치면 안 돼, 도망치면 안 돼, 도망치면 안 돼.]

그 전에 먼저 나래의 탄탄한 허벅지에 폐이가 쓴 글이 내 시야를 가렸지만.

깼으면 일어나 앉아라, 이놈아!

"그런 게 아니라 할 말이 있어서 그래."

그렇게 운을 띄우자 아야가 턱을 괴며 말했다.

"크응, 이제 와서 나는 너희 모두를 사랑한다, 같은 말해도 의미 없어."

아야야, 혹시 그거 네가 듣고 싶은 말 아니니?

내가 왜 지금 그런 말을 하는데?

"아, 그래도 나는 듣고 싶으니라. 성훈이는 그런 말 잘 안 해 주려고 하니까 말이니라."

그리고 그런 얼토당토않은 말에 덥석 넘어가지 마렴, 랑이야.

이제 아야의 꼬리는 놓아주고!

"다른 게 아니라."

나는 실망한 기색이 역력한 랑이와 아야의 모습에 아픈 마음을 달래며 말을 이었다.

"오늘 약속이 있어서 서울에 갔다 올 거야."

내가 뭔가 이상한 말을 한 것도 아닌데, 아이들의 반응이 상당히 이상하다.

랑이와 페이가 일어나 앉았고, 두 눈을 깜빡거리는 건 예사며, 마치 털을 고르듯이 손으로 귀를 몇 번이나 매만지고, 반쯤 접었다 펴지를 않나, 서로 옹기종기 모여서 자기들이 지금 제대로 들었는지 확인하고 있으니까.

이내 자기들이 모두 제대로 들었다는 것을 확인한 아이들이 내게 말하고, 글을 썼다.

"지금 서울에 갔다 온다고 한 것 맞느냐?"

[서울에? 지리산 죽돌이가?]

"서울에 간다고? 설마 수구초심이야, 아빠?"

……수구초심이 무슨 뜻이더라.

기억에 남아 있지 않은 사자성어는 넘어가고.

치이도 그렇고, 도대체 나는 아이들한테 어떤 놈으로 생각

되는 거지?

내 말에 의문을 품지 않은 건 자신만의 세상 속에서 뜨개질을 하고 있는 성의 누나와, 휴대폰으로 누군가와 열심히 메시지를 주고받고 있는 나래밖에 없구나.

나는 복잡한 마음에 깊은 한숨을 내쉬고서 아이들에게 말했다.

"정부 쪽 사람하고 만날 일이 있어서 그래."

미리 말해 두지만, 전요협에서 벌인 일 때문에 만나는 건 아니다. 그쪽 이야기도 하게 될 것 같지만, 내가 정부 쪽 사람하고 만나려는 건, 어디까지나 인요학교에 대한 이야기를 나누고 싶어서다.

전요협의 일이 더 중요하지 않냐고?

응, 사실 그래.

그놈들이 뭔 짓을 꾸밀지, 내 앞길에 어떤 걸림돌이 될지 모르는데 당연히 중요하지.

하지만 그렇기에 신중하게 대처해야 한다.

그들은 전 세계 요괴 협회라는 거창한 이름을 달고 있지만, 어디까지나 갑작스럽게 발족한 단체일 뿐이다. 그런 녀석들이 성명을 발표했다고 해서 내가 즉각적으로 반응을 한다고 생각해 봐.

그것도 그들의 주장대로라면 지금껏 아무 일도 하지 않고 있던 요괴의 왕이.

그건 그들의 목소리에 힘을 실어 주는 꼴밖에 되지 않는다.

그러니 지금은 겉으로는 그들을 무시하면서, 정부 인사와 만나 내가 정한 정책을 추진하는 데 더 힘을 쏟아야 할 때다.

전요협에 대한 건 따로 시간을 내서 신중하게 대응할 생각이고 말이지.

그렇게 내 생각을 알기 쉽게 이야기하자.

“‘[…….]’”

아이들이 왠지 모르게 안절부절못했다.

뭔가 잘못한 일이라도 있는 것처럼 말이야.

짐작 가는 게 없기에 나는 아이들에게 물어보았다.

“왜 그래?”

서로 시선을 주고받던 아이들은, 이내 팔꿈치로 서로의 옆구리를 툭툭 치기 시작했다.

그러면서, “네가 말해, 이 밥보야!” “아니니라, 이건 페이가 말해야 하느니라!” [왜 나임?!] “키이잉? 네가 가장 열심이었잖아!” [주체는 랑이였음!] “나, 난 시키는 대로 했을 뿐이니라!” [그리고 아야도 신나서 도왔잖음?!] “내, 내가 언제, 이 뜨끔아?!” 같은 대화가 오고 갔지만 모른 척해 주자.

아이들을 지금보다 더 곤란하게 만들고 싶지 않으니까.

나에게는 사이좋은 아이들의 모습을 흐뭇하게 바라볼 수 있는 시간이 잠깐 동안 계속된 뒤.

결국 등을 떠밀려져서 나온, 말이 그렇다는 게 아니라 실제로 랑이와 아야에게 손으로 등을 떠밀려져서 나오게 된 페이가 글을 썼다.

[……중소 요괴 서러워서 못 삶.]

나만 보이도록 작게.

내가 피식하고 웃자, 긴장이 풀린 듯한 페이가 다시 글을 썼다.

[그러면 어제 찍은 거, 어떻게 함?]

아, 그런 이유였나.

아이들이 왜 그렇게 안절부절못했는지 알 것 같았다.

전요협의 성명 발표를 정면으로 반박하는 영상을 열심히 찍었는데, 내가 겉으로 이렇다 할 반응을 보이지 않을 거라고 했으니까 걱정한 거겠지.

나를 위해 한 일인데, 알고 보니 괜한 짓이 아니었을까 하고.

동시에 자기들의 노력이 헛된 게 아니었을까 하는 허망함도 있었겠지.

나는 아이들이 그런 식으로 생각하게 놔둘 생각이 없지만.

"괜찮아. 그건 정말 잘 쓸 곳이 있으니까."

내가 꼭 전요협처럼 TV를 통해 방송할 필요가 없잖아?

나는 요괴의 왕이고, 내가 가장 먼저 신경 써야 할 대상은 사람이 아니니까.

그렇다고 그들을 무시할 생각은 조금도 없다.

오히려 요괴보다 섬세하게 신경 써야 하는 쪽은 인간이라고 생각하니까.

그러니 그쪽은 나래와 세희와 어머니께 맡기는 게 맞고, 나는 내가 할 수 있는 일을 해야지.

그래서 나는 랑이에게 말했다.

"오히려 오늘도 힘내서 잘 마무리 지어 줬으면 하고 부탁할 생각이기도 했고."

랑이가 가슴에 손을 얹고 크게 안도의 한숨을 쉬었다.

"휴우~ 다행이니라."

"크응, 왜 이런 거 가지고 우리가 걱정해야 하는 건지 모르겠지만 말이야."

조금 전까지만 해도 안절부절못했던 녀석이 할 말은 아닌 것 같지만, 꼬리를 매만지며 안심하는 모습이 귀여우니 모른 척해 주자.

[…….]

등을 떠밀려서 앞으로 나온 페이는 랑이와 아야를 바라보며 복수의 칼날을 가는 듯한 표정이었지만.

뭐, 페이니까 괜찮지 않을까.

영상 녹화하면서 조금 장난치는 정도로 끝나겠지.

아니면, 나중에 같이 게임할 때 평소보다 잔혹무도한 플레이를 보여 준다거나.

그렇게 아이들의 불안이 해소됐다고 생각했을 때.

"식사하실 시간입니다."

"아침 먹는 거예요."

세희와 치이가 아침이 차려진 상을 들고 안방으로 들어왔다.

……너무 딱 좋은 순간에 들어온 것 같지만, 밖에서 듣고 있었냐고 물어볼 필요는 없겠지.

치이가 시선을 피하는 것만으로 이미 답이 나왔고, 밥 먹을 시간이 됐는데도 산책 나갔다가 돌아오지 않은 성린과 바둑이, 그리고 아직까지 얼굴을 보이지 않은 냥이가 신경 쓰이니까.

"세희야."

나는 가장 큰 상을 내려놓고 다시 부엌으로 들어가려고 하는 세희에게 말을 걸었다.

세희는 그 자리에 서서 내가 아닌 치이를 돌아보았다. 그 시선에 담긴 뜻을 이해한 치이는 고개를 끄덕이고서는 옷소매를 걷어붙이고…….

[뭐임?]

"놀고만 있지 말고 도와주는 거예요."

방바닥에 앉아서 즐거운 식사 시간을 기다리고 있던 페이를 부엌으로 질질 끌고 갔다.

[돈! 돈으로 해결하겠음! 얼마면 됨?!]

너, 조금 전까지만 해도 중소 요괴였다면서 하는 건 무슨 부패한 대기업 사장님처럼 말한다?

"사람을 불러 놓고 무슨 생각 중이십니까, 주인님."

"아, 미안."

나는 솔직하게 사과하고 세희에게 말했다.

"다른 애들이 신경 쓰여서."

내가 그걸 물어볼 줄 알았다는 듯, 세희는 기다렸다는 듯 바로 대답했다.

"냥이 님은 심성이 천한 것이 따로 3인분 상을 차려 갔으니 걱정하실 것 없고, 성린 님과 바둑이는 흙투성이가 되어 돌아와 지금 씻기고 있습니다."

성린과 바둑이를 씻기고 있다고?

"……누가?"

세희는 대답 대신 옷소매에서 자그마한 인형을 살짝만 꺼내 내게 보여 주었다.

참 다용도 인형이네, 그거.

하지만 랑이는 다른 것에 신경이 쓰이는 것 같다.

"검둥이는 따로 먹는다 하였느냐?"

"그렇습니다, 안주인님."

"으냐아……."

언니가 걱정이 됐는지, 랑이가 아침상과 나를 번갈아 바라보더니 이내 크나큰 결심을 한 것처럼 비장한 표정으로 내게 말했다.

"성훈아."

"알았어. 그렇게 해."

내 가볍기 그지없는 대답에 랑이가 머리카락으로 물음표를 만들며 말했다.

"응?"

"오늘은 냥이하고 같이 밥 먹겠다는 거 아니야?"

"마, 맞느니라."

랑이는 살짝 당황했지만, 이내 기쁜 기색이 역력한 미소를 지으며 내게 말했다.

"어떻게 알았느냐?"

왜, 내가 그런 것도 모를 줄 알았냐?

"내가 모를 리가 없잖아."

냥이가 너를 아끼는 것만큼이나 너도 냥이를 아끼는걸.

애초에 냥이가 무리한 게 나 때문인 것도 있고 말릴 생각도 없고.

"헤헤헷. 역시 내 낭군님이니라."

랑이가 나를 꼬옥 끌어안고는 안방을 나섰다.

아, 그런데.

나는 급히 세희에게 말했다.

"랑이 먹을 거, 챙겨 줘야 하는 거 아냐?"

세희가 무슨 헛소리를 하냐는 듯 차가운 시선으로 바라보며 말했다.

"3인분이라 말씀드렸습니다."

……그래. 그랬지.

분명히 3인분이라고 말했어.

하지만 보통 그러면 '냥이와 가희가 아침부터 밥을 많이 먹는구나~ 어제 열심히 돌아다녀서 그런가~?' 하고 생각하지 않아?

"보통, 입니까."

그래, 말을 말자.

나는 위대하신 천재님을 대신해서 페이가 낑낑거리며 부엌에서 가지고 온 상에 앉으며 말했다.

"밥 먹자."

* * *

아침을 먹은 뒤.

나는 서울에 세희와 단둘이서만 갔다 오기로 결정했다.

랑이와 나래를 제외한 모두가 나와 같이 가고 싶어 하는 눈치였지만 말이지.

참고로, 랑이는 냥이가 걱정된다는 이유로 지리산을 떠날 수 없다고 했고, 나래는 집에서 아이들을 돌보고 있겠다고 했다.

나래는 조금 예상외였지만…….

어젯밤에 한 이야기를 기반으로 생각해 보면, 정부 쪽 사람을 만났을 때 그 이유를 알게 될 것 같다.

뭐, 어쨌든.

아이들은 내가 세희와 단둘이서만 갔다 온다고 말하자 불만을 터트렸는데…….

"요괴의 왕으로서 일하러 가는 거니까."

이유를 말하자 이내 포기해 줬다.

덕분에 이렇게 착하고 마음씨 고운 아이들에게 거짓말을 할 필요가 있었나 싶어 조금 자기혐오에 휩싸였지만.

사실은, 치이가 걱정하던 것과 같은 이유였거든.

나야 그냥 한 귀로 흘리면 되지만, 우리 집에는 내가 욕먹는 걸 정말정말 싫어하는 아이들이 한둘이 아니잖아?

그러니 서울에 갔다가 '그런 것'들을 직접 보고 들었을 때 무슨 일이 일어날지 걱정돼서 집에 있도록 한 거다.

……사실 어른 쪽이 더 문제일 것 같지만.

성의 누나라거나, 화나면 무서운 성의 누나라거나, 내가 사랑하는 성의 누나라거나.

뭐, 그런 이유로 나는 이 추운 날씨에도 대문 앞까지 마중을 나온 아이들에게 손을 흔들며 말했다.

"그럼 갔다 올게."

그리고 그 손은 바로 폴짝 뛰어오른 랑이에게 잡혀서 아래로 내려갔다.

"……랑이야?"

"성훈아."

랑이가 전쟁터로 향하는 남편에게나 향할 법한 시선으로 나를 올려다보며 간절하고 간절한 목소리로 내게 말했다.

"뭔가 낌새가 안 좋거나, 위험해질 것 같거나, 외로워지거나, 상황이 안 좋아지거나, 누가 너를 핍박하면 바로 하늘이 점지어 준 내 이름을 부르거라. 내 한걸음에 달려가겠느니라."

……걱정이 너무 과한 거 아니냐.

세희도 옆에 있는데.

"그리고 세희야."

그리고 랑이는 세희에게 말했다.

"예, 안주인님."

"나를 대하듯 낭군님을 모시어라."

그것도 정말 랑이가 맞는지 의심 갈 정도로 위엄 넘치는 목소리로 말이지.

"내 무슨 말을 하는지 알겠느냐?"

"알겠습니다, 안주인님."

"정녕 내 말뜻을 이해했느냐?"

"예."

다시 한번 확답을 받고 나서야 랑이는 표정을 풀고 살짝 안심한 표정을 지었다.

"휴……."

도대체 뭘 그렇게 걱정하는지 모르겠군.

"아, 그런데 성훈아. 내 이빨은 챙겼느냐?"

"응."

그건 언제나 목걸이 대용으로 달고 다닌다.

하지만 보여 주지 않으면 못 믿겠다는 눈치라, 나는 지퍼를 살짝 내리고 목에 걸고 있는 랑이의 이빨을 직접 보여 주었다.

"으냐아…… 그래도 불안하느니라."

아니, 뭐가, 도대체, 왜.

"그래요."

거기다 왜 성의 누나도 갑자기 끼는데?!

성의 누나는 평소의 마이 페이스는 어디 갔는지 뭔가를 결심한 듯한 표정을 지으며 내게 말했다.

"아무래도 저도 같이 가야 할 것 같아요."

랑이가 반색하며 말했다.

"오! 성의가 같이 가 준다면 나도 안심할 수 있느니라! 세희 혼자로도 충분하겠지만, 아무래도 혼자보다는 둘이 낫지 않겠느냐?!"

화가 나면 아무도 막을 수 없어 보이는 성의 누나를 어떻게든 여기서 설득해야 할 것 같은데.

그런 내 생각을 눈치챘기 때문일까.

"너무 걱정하지 말고요, 언니."

나래가 중간에 끼어들어 성의 누나를 안심시켰다.

"세희도 함께 가고, 곰의 일족도 호위로 붙을 거니까요."

나를 흥분시키는 말로.

젠장!

지금이 겨울이라는 것이 한스럽구나!!

곰의 일족 누님들이 호위로 붙는데, 왜 하필 겨울이야?!

여름이었다면! 여름이었다면!!

뜨거운 태양이 작열하여 옷차림이 얇아지는 여름이었다면!!

"……도대체 저런 오라버니의 어디를 어떻게 걱정해야 하는 건지 모르겠는 거예요."

아차, 나도 모르게 표정이 풀려 버렸군!

불어오는 바람보다 차가운 치이의 시선에 나는 재빨리 서울로 올라가야 할 필요성이 있다는 것을 깨달았다.

“아니, 음, 뭐, 다들 집 잘 지키고 있어 줘.”

서둘러 인사를 했지만, 어째서인지 받아 주는 사람은 한 명도 없었다.

“……분명 내 가슴이 조금만 컸다면 이미 혼례를 올리고도 남았을 것이니라.”

랑이야?

“그럴 리가 없잖아, 이 밥보야? 아빠는 내가 어른이 됐을 때도 손 안 대는데!”

손대면 그게 더 문제 아니니?

[올 때 아이스크림.]

그래, 차라리 네가 낫다.

“성훈은 제 가슴이 더 컸으면 좋겠나요?”

지금처럼 대답하기 곤란한 질문보다는!

분명 조금 전까지만 해도 걱정 가득한 배웅이었는데 어째서 이렇게 된 걸까.

압니다.

자업자득이죠.

“잘 갔다 와.”

유일하게 제대로 된 배웅을 해 준 건, 두터운 겨울옷을 입었음에도 그 존재감이 죽지 않은 가슴 밑으로 팔짱을 끼고 있는 나래였다.

왠지 승부, 아니, 자부심이 가득한 미소를 짓고 있는 나래 말이야.

“그, 그래.”

나는 대답을 하고 아이들의 시선을 뒤로하며 세희에게 말했다.

“가자.”

“아직 약속 시간까지는 여유가 있습니다, 주인님.”

그 여유가 내 목을 조를 것 같으니까 빨리 가자고.

나는 두 손 모아 간절히 애원했고, 세희는 어쩔 수 없다는 듯이 나를 공손이 안아 들었다.

……공주님 안기, 오랜만이네요.

“그럼 출발하겠습니다.”

세희가 하늘을 날았다.

* * *

요술 덕분인지, 서울로 가는 길은 춥지 않았다. 주위에 보이지 않는 막이라도 쳐져 있는 것처럼 바람이 불지도 온도가 급속히 떨어지지도 않았거든.

“주인님께서 벌벌 떨며 제게 달라붙어 애원하는 꼴을 보고 싶었습니다만, 안주인님께서 그리 간절하게 부탁하셨으니 말이죠.”

“……랑이한테 감사해야겠군.”

이렇게 빠른 속도로 구름 위를 날고 있는데 요술을 쓰지 않았다면 최소한 동상에 걸렸을 거다.

농담이 아니야.

"저로서는 조금 아쉽습니다만."

어딜 봐도 농담하는 것 같은 얼굴이 아니다.

"악마냐."

"귀신입니다."

"악마나 귀신이나."

"나중에 기회가 생기면 주인님께 악마와의 만남을 주선해 드려야겠군요."

"……끔찍한 소리 좀 그만해라."

"그러면 화제를 돌려, **지금 상황**에 대한 감상 같은 건 없으십니까?"

감상?

확실히 보이는 **경치**가 아름답고 신기하긴 하다.

아래로는 구름이 자욱한데 위를 보면 푸른 하늘에 붉은 태양이 떠 있으니까.

이런 건 지금까지 본 적이 없는 경치지.

그런 생각을 하고 있자니, 세희가 이유를 알고 싶지 않은 한숨을 내쉰 뒤 내게 말했다.

"스스로 하늘을 날고 싶어진다거나 하는 생각은 들지 않으시는 겁니까?"

"……아니, 내가 왜?"

"아니면 요술로 하늘을 날 수 있는 저에게 열등감을 느끼셔서 거친 말을 하고 싶어지신다거나?"

“…………그러니까, 내가 왜?”

세희가 피식 웃으며 말했다.

“심신을 단련하는 데 목표가 있으면 좋기 때문입니다.”

아, 그런 이유였냐.

일리가 있는 말이지만…….

“나는 애초에 목표가 확고해서 말이다.”

그래, 정말 확고하지.

아이들과 함께하는 시간도 부족한 내가, 어떻게든 시간을 내서 자기 개발에 쏟을 정도로 말이다.

“그렇습니까.”

“그래. 그러니까 걱정하지 마라.”

내 말에 세희가 일부러 볼을 붉히며 고개를 홱 돌리며 새침한 목소리로 말했다.

“서, 성훈 군의 걱정 같은 건 하고 있지 않은걸!”

……도대체 누굴 흉내 낸 거야?

그렇게 농담을 주고받는 사이.

“도착했습니다.”

세희가 구름 위에서 멈춰 섰다.

“벌써?”

한 10분 정도 날아온 것 같은데 말이야.

“주인님이 추위에 덜덜 떠는 모습을 볼 수가 없어 일부러 조금 빠르게 왔습니다.”

랑이야, 고맙다!

정말 고맙다!

"그럼 내려가겠습니다, 주인님."

"어, 그래야……."

그런데 뭔가 이상하다.

세희의 한쪽 입가가 기이할 정도로 뒤틀렸거든.

덕분에 나는 지금 내가 처할 수 있는 최악의 상황을 생각해 봐야 했고.

"잠깐, 야."

절대 그런 짓은 하지 말라고 말하려던 순간.

"그럼, 재미있는 자유 낙하를 즐겨 주시길."

지금껏 요술로 차단되어 있던 중력이 나를 덮쳤다!

"으아아아아아아아아아!!"

다행히 추위와 바람을 막는 요술은 지금도 쓰고 있는 것 같지만!

구름이 작은 물방울이나 얼음 알갱이들의 모임이라는 과학적 사실을 온몸으로 느끼는 건 그렇게 좋은 기분은 아니야!

하지만 그것도, 구름을 빠져나오자 보이는 서울의 전경이 가까워지는 것에 비하면 아무것도 아니었다.

나는 스카이 다이빙을 하는 아저씨들처럼 몸을 대자로 뻗었지만, 떨어지는 속도가 아주 조금 줄어들었을 뿐.

떨어진다는 사실에는 변함이 없다.

내게 낙하산이 없다는 것도!

"즐거우십니까, 주인님?"

그리고 세희는 그런 내 옆에서 선 배드에 앉아 있는 것 같은 자세로 푸른 음료수를 마시며 여유롭게 같이 떨어지고 있었다.

"재밌겠냐아아아아!!"

진심을 다한 절규에 세희는 안타까워하는 표정, 내가 잘못 보지 않았다면 말이지!

안타까워하는 표정을 지으며 말했다.

"안주인님께서는 즐거워하셨는데 말이죠."

그런 식으로 빠져나갈 구석을 만드는 게 너답구나아아아!

그보다 떨어져! 떨어진다! 아니, 지금도 떨어지고 있지만! 이러다가 진짜 떨어져!

"사람 살려어어어어!!"

……당연한 일이겠지만.

내가 잘 부친 빈대떡 꼴이 되는 일은 당연히 일어나지 않았다.

하지만, 음, 뭐라고 할까.

"다시는 하지 마. 절대로. 무조건. 다음에도 이런 일 있으면 나래하고 랑이하고 성의 누나한테 가서 너 때문에 못 살겠다고 울면서 일러바칠 거다."

그리 좋은 경험은 아니었다고 말할 수 있다.

피뢰침이 날카롭게 서 있는 지붕이 가까워지는데 떨어지는 속도가 줄어들지 않았을 때의 그 공포감은 뭐라 말할 수 없었다고.

"알겠습니다, 주인님."

세희가 순순히 고개를 숙이며 사과하자, 내 안의 공포로 가려져 있던 내 분노도 사그라졌고.

"어휴……."

그 자리를 호기심이 대신했다.

"그래서 뭔데?"

랑이가 그렇게 신신당부를 했는데 세희가 말도 안 되는 핑곗거리까지 대면서 나한테 이런 질 나쁜 장난을 쳤다는 건, 그럴 만한 이유가 있다는 말이 되니까.

"무슨 말씀이십니까?"

정작 세희는 모르겠다는 듯 잡아채고 있지만.

"모르는 척하지 말고. 서울에서 기분 나쁜 일이라도 있었어?"

언제나 짓고 있는 무표정의 너머를 꿰뚫어 보지 못하는 사람은 알 수 없겠지만, 세희는 의외로 자기감정에 충실한 녀석이다. 요즘 들어서는 감정이 더욱 풍부해진 것 같기도 하고.

즉, 지금의 구름 위에서부터의 자유 낙하는 아침부터 살짝 꼬여 있던 세희의 짜증이 폭발한 결과라는 거다.

……잘못 말한 거 아니다.

'살짝'이 아니었다면, 지상 5센티미터 정도를 남기고 멈췄을 테니까.

그리고 내 예상이 틀리지 않았다는 듯, 세희가 살며시 미소를 지으며 말했다.

"사람의 뇌와 뱁새의 다리의 차이가 뭐라고 생각하십니까, 주인님."

갑자기 웬 동문서답이냐, 이 녀석은.

"……뭔데?"

"사람의 뇌는 자신보다 뛰어난 자를 따라 한다고 해도 찢어지지 않고 오히려 발전한다는 것입니다."

"아, 그래."

언제나 뱁새의 속을 훤히 알아보는 황새처럼 생각해 보라는 거지.

왜 세희가 솔직히 대답을 해 주지 않는지.

그래서 나는 생각해 보았다.

생각을 해 보았고.

있는 힘껏 다리를 찢어 보았다.

"궁금하라고?"

"아닙니다."

잘못 찢은 것 같다.

그러면 이거밖에 없겠지.

"나보고 직접 알아보라는 거냐?"

땡!

경쾌한 실로폰 소리가 울려 퍼졌다.

그렇다면 남은 건……!

"가만히 있어도 내가 알게 된다는 거냐?"

어느새 기분이 풀린 것 같은 세희가 말했다.

"언제 그렇게 제 마음을 잘 아시게 되셨습니까?"

아, 그런데 말이다.

나는 아직 자유 낙하에 대한 앙금이 마음속에 조금은 남아 있는 것 같다.

"네가 날 붙잡고 몇 십 분이나 울었을 때부터?"

그렇지 않으면 이런 이야기를 할 리가 없을 테니까.

"……."

"……."

진심으로 얼굴을 붉힌 세희가 무시무시한 눈으로 나를 노려보았다.

아, 이건 말해선 안 되는 거였나.

자업자득이라고 생각하지만, 세희의 시선이 너무너무 무섭다.

어디 말 돌릴 거리 없을까?

다행히도, 그건 주위를 둘러보는 것만으로 찾을 수 있었다.

하늘에서 떨어진 충격에 지금껏 눈치 못 챘지만, 지금 내가 서 있는 곳은!

……다름 아닌 서울에 있는 우리 집 마당이었으니까.

"이야, 그립네~ 우리 집. 이게 얼마만이야?"

"……."

나는 있는 힘껏 말을 짜내었다.

"그, 그런데 언제 이렇게 고쳤어?"

기억할지 모르겠지만.

내가 마지막으로 보았던 서울 집의 모습은 폐가나 다름없었다.

아버지와 어머니, 그리고 나래와 함께한 유년 시절의 추억. 그리고 모두와 함께했던 추억이 가득했던 집이 폐허로 되어 있었던 모습은 내 마음을 아프게 만들었지.

하지만 지금 본 서울 집은 언제 그랬냐는 듯 예전의 모습을 되찾…….

아니, 잠깐.

잠깐만요.

"우리 집은 2층이 없었는데?!"

그런데 있다.

보란 듯이 2층이 올라가 있었다.

……설마?

나는 정말정말 최악의 최악인 상황을 가정한 뒤 세희에게 말했다.

"아버지가 술값 모자라다고 다른 사람한테 판 건 아니지?!"

진심으로 당황한 나를 보고는 세희가 여러모로 의미 깊은 한숨을 내쉰 뒤 말했다.

"주인님의 집은 새언니의 소유로 되어 있습니다."

아, 그건 다행이군.

안도의 한숨을 쉰 내게 세희가 말을 이었다.

"단순히 1층 집으로는 만약 서울에 돌아올 일이 있다면 방이 모자랄 것 같아서 살짝 리모델링을 한 것뿐입니다."

"그랬냐……."

"주인님께서 당황하지 않으시고 주변을 조금 더 자세히 둘러보셨다면 쉽게 아실 수 있으셨을 텐데 말이죠."

마당을 둘러보니 세희가 무슨 말을 했는지 알 수 있었다.
마당의 한구석에 '바둑이 집'이라는 팻말이 걸린 개집이 당당히 놓여 있었으니까.
개 밥그릇과 함께.
응.
우리 집 맞구나.
"……근데 왜 여기로 왔어?"
나는 오늘 정부 쪽 관계자와 만나기 위해 서울에 왔다. 그렇다면 당연히 정부 청사라든가, 청와대라든가, 최소한 시청 같은 곳으로 갈 줄 알았는데 말이야.
그런 내 질문에 세희는 절레절레 고개를 흔들었다.
"내세울 게 하나 없는 쓰레기 같은 인간도 자기 고향에서는 기를 편다고 하였습니다. 그렇기에 주인님께서 태어나고 자라신 이곳에서 만나기로 하였습니다."
갑자기 세희가 아침에 잠깐 자리를 비운 이유를 알 것 같다는 생각이 드는데.
"그러면 아침에 한 게 이거였냐?"
"꼭 그렇게 확인을 하셔야 아시는 겁니까?"
고맙다는 말도 제대로 못하겠군.
"고마워서 그렇다, 왜."
그렇다고 안 할 생각은 없지만.
"아시면 이만 들어가시지요. 안에서 주인님을 기다리고 계시는……."

세희가 인상을 찌푸리며 말을 이었다.

"**분**이 계시니까요."

……응?

잠깐만. 뭔가 이상한데?

지금 내가 만나는 건 정부 쪽 사람이고, 다시 말하면 세희가 그렇게 혐오하는 인간이라는 거다.

그런데 지금 말을 높였지?

지금까지 이런 일이 없어서 몰랐지만, 저승에서 있었던 일 때문에 심정의 변화라도 온 건가?

"주름 하나 없이 깨끗한 주인님의 뇌가 필사적으로 전기 신호를 주고받을 필요 없이 들어가시면 아실 테니, 괜히 추운 날씨에 바깥에 오래 있다가 감기에 걸려 안주인님께서 슬퍼하시는 일 없도록 그만 들어가시지요."

들어가면 안다는 거죠.

나는 세희의 말대로 익숙하지만 새로운 우리 집의 현관문을 열었다.

문은 잠겨 있지 않았고, 현관에는 몇 켤레는 되는 구두가 가지런히 놓여 있었다.

보일러도 틀어 놨는지 공기도 따듯하네.

나는 패딩의 지퍼를 내리며 아무 생각 없이 신발을 벗고 올라갔다가.

"쯧."

세희의 혀 차는 소리에 몸을 돌려 신발을 가지런히 놓고 거실로 들어갔다.

그리고 나는.

"약속 시간에 조금 늦은 것 같은데, 요괴의 왕."

처음 보는 흰색의 괴상한 탈을 쓰고 랑이의 흉터 자국이 남아 있는 소파에 다리를 꼬고 앉아서 있는 힘껏 목에 힘을 주고 있는 아버지를 볼 수 있었다.

아니, 그것보다.

소파 옆에 숨겨 놓은 듯이 보이는 저거, 소주병 아니야? 그것도 반쯤 비어 있는 소주병.

"어휴……."

나는 세월의 깊이가 묻어 나오는 한숨을 쉬고서 거실을 가로질러 내 예상대로 내용물의 반이 사라진 소주병의 목을 들어 올리며 말했다.

"아침부터 무슨 술입니까, 아버지. 그것도 왜, 하필, 지금, 이 타이밍에 집에 와서 마시고 있는 건데요?"

오랜만에 만난 아버지가 오늘 아침에 리모델링한 우리 집의 거실 소파에 앉아 흰색의 이상한 탈을 쓰고 괴상한 목소리로 나를 요괴의 왕이라고 불렀다는 것보다, 대낮부터 술을 마시고 있다는 게 더 신경이 쓰이는 것이 이상할지도 모르겠지만…….

나한테는 이게 당연한 일이다.

애초에 아버지는 벽과의 대화를 진지하게 할 만큼 이상한 사람이라고.

당장 내일 신문에 아버지가 뉴욕 한복판에서 알몸으로 뛰어다니다가 경찰에게 외설죄로 잡혔다는 기사가 나와도 그러려니 하고 넘어갈 정도다.

그런데 겨우 저런 이상한 탈을 쓰고 나를 요괴의 왕이라 부르는 정도로 당황할 리 없잖아?

지금은 정부 쪽 사람하고 만나야 하는 곳에서 아버지가 술을 마시고 있다는 게 더 신경 쓰인다.

지금 당장 '아버지 가방에 들어가신다.'를 실천해야 하나.

그건 그렇고 아버지는 사람을 곤란하게 만드는 쪽으로는 참 능력이 좋다니까?

집을 고친 게 오늘 아침인데 그걸 어떻게 알고 바로 오신 거야? 어머니를 따라다니고 계신 거 아니었나?

그렇게 이런저런 생각이 가득한 내게 아버지가 말했다.

"무슨 말이지, 요괴의 왕?"

여전히 목소리를 착 가라앉히고 말이야.

"나는 지금 요괴 대책팀의 국장, 말뚝이로서 네 앞에 있는 거다."

나 역시 목소리가 착 가라앉았다.

"아버지, 또 어디서…… 아니, 뭐, 상식적으로 생각하면 어머니나 세희겠죠. 어쨌든 어디서 제 상황을 듣고서 때는 이때다 하고 장난을 치시나 본데, 이제 이런 건 졸업하실 때가 되지 않았습니까?"

슈퍼 히어로가 나오는 영화를 너무 재밌게 봐서 주인공을 따라 하는 초등학생도 아니고 말이야.

아니, 내가 이런 말을 한다고 해서 들을 아버지였다면 이미 옛날에 어머니가 사람을 만들어 놓으셨겠지.

나는 고개를 절레절레 흔들고서 아버지에게 말했다.

"그것보다 오늘은 정부 쪽 손님이 집에 오시니까 방에 들어가 계세요. 일 끝나면 말씀드릴 테니까요."

오랜만에 아버지와 밥도 같이 먹고 말이야.

아버지와 만난 건 정말 오랜만이니까, 밥 한 끼 정도는 같이 먹어야 하지 않겠어?

아, 그러고 보니까 아버지도 세희하고 오랜만에 만난 거 아닌가?

정부 쪽 일도 일이지만 그쪽도 중요한 거 아닐까? 어떻게 하지?

아~! 젠장!

아버지 때문에 갑자기 일이 복잡해졌잖아! 뭘 먼저 해야 해?!

……일단 소주병부터 치웁시다.

그렇게 부엌으로 가는 내 등 뒤로.

"하아……."

세희의 깊은 한숨 소리가 들려왔다.

다시 거실로 돌아왔을 때, 나는 상당히 짜증이 깊어진 세희를 볼 수 있었다.

"도대체 무슨 생각을 하고 계신 겁니까, 이 인간 말종 오라버니."

"지금의 나를 오라버니라 부르지 말도록. 요괴의 왕에게 말했듯이, 나는 요괴 대책팀의 국장, 말뚝이니까."

"이 인간쓰레기가."

혐오감까지 느껴지는 목소리로 세희가 말했다.

"명색이 작가가 패러디를 할 거면 제대로 하셔야 할 것 아닙니까. 말뚝이라는 캐릭터가 정부의 개로 활동할 것 같습니까? 재활용도 하지 못할 쓰레기 같은 오라버니께서 지금 하고 계시는 건 명백한 캐릭터 붕괴입니다. 그렇게 코스프레를 하고 싶으시면 사상좌의 수수 경감을 하실 것이지."

……무슨 소리를 하는 거야.

"꼭 그렇게 생각할 건 없지. 자신의 마님을 위해서라면, 말뚝이라 할지라도 기꺼이 정부의 개가 될 테니."

…………그러니까 무슨 소리를 하는 거냐고.

나는 낙동강 오리알 신세가 되어 이상한 논의를 펼치고 있는 아버지와 세희를 바라보았다.

이렇게 보니까 정말 사이좋은 남매…… 같이 보이지는 않습니다.

그보다 지금 저러고 있을 때가 아닌 것 같은데.

"어, 음, 세희야. 아버지하고 오랜만에 만나서 기쁜 건 알겠……."

"기쁘다고 하셨습니까, 지금."

서슬이 퍼런 세희의 기백에 나는 말을 돌리기로 했다.

"어, 어쨌거나 정부 쪽 사람하고 만나기로 했으니까 아버지부터 어떻게 해야 하는 거 아니야?"

지극히 상식적인 내 말에.

"……설마 진짜로 눈치채지 못하신 겁니까, 주인님."

세희가 인상을 찌푸리며 뭔가 상상하고 싶지 않은 사실을 떠올리게 만드는 말을 했다.

"아니, 오라버니의 그 괴팍한 성질을 지금껏 지켜본 주인님이시라면 그럴 가능성도 충분히 있겠지요."

"응?"

세희가 말했다.

"저희가 기다려야 할 손님은 이미 저희보다 먼저 거실의 소파를 점령하고 계셨다는 뜻입니다."

세희의 말에, 아버지의 기행에 너무나 익숙해져 있어서 간과하고 있었던 가정이 내 머리를 쾅 하고 때렸다.

"……설마, 아니지?"

세희가 말했다.

"아닙니다."

나는 현실을 받아들이기 힘들어 아버지를 보았다.

"그리고 그것이 제가 아침부터 기분이 나빴던 이유이기도 합니다."

이상하게도 아버지가 흰색 탈 너머에서 짓고 있는 미소가 보이는 것만 같다.

"이제 알겠나? 지금의 나는 지킴이 일족의 가주이며 대요괴 대처반의 국장, 말……."

그리고 그 순간.

"말뚝이는 무슨, 강아지잖아요."

내 안에 17년 동안 쌓여 왔던 울분이 폭발했다.

"야! 인마! 부모 이름을 그렇게 막 부르는 자식새끼가 세상에 어디 있어?!"

동시에 아버지, 그래, 젠장!

아버지도 흥분을 참지 못하고 소파에서 벌떡 일어났지만 나도 지지 않고 소리쳤다.

"부모 노릇이나 제대로 하고 그런 말을 하시든가요!"

"이, 이놈 봐라?!"

"그제 갑자기 전화해서 일 좀 하라고 했을 때도 뭔가 이상하다 했더니, 이런 거였습니까!"

거기다 용케 지금까지 세희를 속이셨네요?!

하긴! 하나뿐인 자식 놈도 그렇게 철석같이 속여 왔는데 뭘 못하겠어?!

"하! 지금까지 잘도 절 속여 오셨네요! 전 아버지가 팔리지도 않는 글을 쓰면서 어머니한테 빌붙어 사는 괴팍한 성격의 기생충 같은 사람인 줄로만 알았다고요!"

"야, 야, 인마! 사실이라고 해도 말이 심하잖아!"

"사실은 뭐가 사실인데요?!"

내 안에서 무엇인가가 또다시 폭발했다.

"공무원이면서! 알고 보니 내 아버지가 S급 공무원?! 세상에! 아버지가 철밥통 공무원이었다니!"

"……잠깐만. 야, 너 뭔가 이상한 쪽으로 화내고 있는 것 같은데."

당황한 아버지가 한 발자국 뒤로 물러났지만.

"공무원이면 월급도 제대로 나왔을 텐데! 그동안 제가 했던 개고생은 도대체 뭐였습니까?! 제가 지금까지 집에 돈이 없어서 간식 하나 제대로 못 사 먹었던 건 알고나 있습니까?! 그런 제가 얼마나 불쌍했으면 나래가 카페나 빵집에 데려가서 디저트 같은 걸 사 줬겠냐고요!"

"아니, 그건 그냥 데이트……."

"그런데?! 뭐요? 공무원이었다고요?! 월급이 나왔으면 조금이라도 생활비로 줄 생각은 못했습니까, 아버지?! 어쩐지! 돈 없다고 하면서도 술은 잘 사 오더라!"

"……잠깐만, 아들아?"

"세상에! 그게 그렇게 힘들었습니까! 공무원인 거 숨기고 싶었으면 거짓말 좀 하면 되잖아요? 책 좀 팔려서 인세 들어왔다고! 그랬으면 저도 그렇게까지 고생은 하지 않았잖아요! 돈이 없으면 몰라, 돈이 있었는데 그러셨다는 겁니까?! 왜요, 세희가 그런 것까지 하지 말라고 했습니까?!"

나는 세희를 보았고, 내 삶에 손을 댔던 녀석은 고개를 돌리며 말했다.

"그런 일은 없었습니다."

아버지가 화들짝 놀라서 외쳤다.

"야! 너, 했잖아! 나한테 했잖아!"

"전 그저 오라버니께 주인님께서 먹고살 만은 하지만, 풍족하지 못한 환경 속에서 자라나셨으면 좋겠다고 부탁드렸을 뿐입니다."

"그게 부탁이었냐! 협박이었지! 거기다 그렇게 말 안 했잖아, 너!"

내가 알 바냐!

"아버지! 세희가 아니라 저한테 할 말이 있는 거 아닙니까?"

"이놈이 누굴 닮아서 저렇게 바락바락…… 아, 나하고 엄마를 반반씩 닮았지. 젠장, 빌어먹을 유전자 같으니라고."

아버지가 머리를 긁적이더니.

"일단 진정해라, 이놈아."

"지금 제가 진정하게 생겼습니까?!"

"자식 놈 키워 봤자 아무 소용없다더니, 아고고고."

사람 죽어 가는 소리를 내며 가면을 벗었다.

그리고.

"……."

나는 잠시 할 말을 잃었다.

가면 속 아버지의 얼굴은 그야말로 엉망이었으니까.

마치, 술에 취해서 글 쓰는 데 가족은 필요 없다고 어머니께 말한 그다음 날처럼.

그리고 내가 그런 반응을 보이는 게 아버지의 노림수였다.

"이제 좀 진정됐냐?"
"아니, 뭐……."
아무리 내가 화가 났어도 사람의 얼굴이 아니게 된 아버지를 보고서도 언성을 높일 수는 없었다.
그래도 내 아버지니까.
"그래서 누가 그렇게 만들었습니까?"
아버지가 히죽 웃다가, 상처가 아렸는지 살짝 인상을 찌푸리며 말했다.
"누구겠냐?"
어머니요.
어머니 말고 아버지를 저 몰골 저 꼴로 만들 수 있는 사람은 세상에 없으니까.
"……왜요? 설마, 어머니한테도 지금까지 공무원이었던 거 숨겼어요?"
아버지가 한숨을 내쉬고 소파에 앉으며 말했다.
"알고 싶으면 일단 앉아. 할 이야기가 많으니까."
아직 속에서 끓어오르고 있는 불이 있지만 나는 아버지의 안쓰러운 얼굴 때문에 어쩔 수 없이 맞은편에 앉았다.
"잠시 실례하겠습니다."
그리고 세희가 언제 준비했는지 모를 블랙커피 두 잔과 토마토 주스를 탁자 위에 놓고서는 내 옆에 앉았다.
아버지는 커피를 한 모금 마시고서는 세희에게 말했다.
"심술이냐."

"무슨 말씀이십니까."

"내가 커피 싫어하는 거 알잖아."

내가 커피를 싫어하는 건 아버지를 닮은 걸지도 모르겠군.

아니, 지금 이럴 때가 아니지.

"그런 건 됐고, 저한테 하고 싶은 말씀이 뭔데요?"

"동생이나 자식 놈이나……."

혀를 찬 아버지가 말했다.

"일단 네가 오해를 하고 있는데, 내가 정부 쪽의 요청을 받아들인 건 얼마 안 됐다."

"……예?"

"공무원 된 지 얼마 안 됐다고, 새꺄."

……제 성격을 어쩌지 못하고 스스로 위기 상황에 빠지고 만 것 같습니다.

이걸 어떻게 하나 고민하고 있는 내게 아버지가 말했다.

"옛날부터 제의는 있었다. 있었는데 이런 귀찮은 자리 같은 거 글 쓰는 데 방해되니까 받아먹을 생각이 없었지. 그런데 네가 새아기와 만난 다음에 주변에서 가만히 두지를 않더군. 네 엄마가 그것 때문에 날 데리고 이리저리 돌아다니긴 했는데, 그것도 한계가 있더라고."

처음 듣는 이야기다.

아버지한테 공무원 제의가 계속해서 들어왔다는 것도.

아버지가 안 팔리는 글을 계속 쓰고 싶어서 그 자리를 거절했다는 것도.

어머니께서 그런 이유로 여름 방학 때부터 아버지를 데리고 돌아다녔다는 것도.

모두 다 처음 듣는 이야기였다.

"……그랬어요?"

"그럼 집에 틀어박혀서 글만 쓰고 있던 내가 왜 갑자기 네 엄마하고 같이 돌아다녔겠냐?"

……생각해 본 적 없다.

"원래는 네 할아버지한테 떠넘기려고 했는데, 이 양반이 얼마나 교활한지 어디 있는지 아는 사람이 없단 말이지."

나는 세희를 보았다.

"아버님께서 당신의 행선지를 숨겨 달라는 것을 부탁하셔서 말이죠. 지금까지 자신의 책임을 다하지 않고 꿈만 찾아 도망친 오라버니의 빈자리를 대신하여 수십 년 넘게 고생하신 분이시니, 받아들일 수밖에 없었습니다."

아버지가 심각하게 부어오른 이마를 짚으며 말했다.

"그래, 내 잘못이다. 모두 다 내 잘못이지."

"지금이라도 깨달으셨다니 다행입니다."

"너는 옛날부터…… 아니, 됐다."

아버지는 어딘가 먼 곳을 바라보려다가 이내 고개를 젓고는 나를 보며 말했다.

"어쨌든 오해라는 거다. 알겠냐, 아들아."

이럴 때 제가 해야 할 말은 무엇일까요.

"……죄송합니다, 아버지."

뭐긴 뭐야, 사과지.

"뭐, 됐다. 애초에 우리 부자 사이가 평범한 것도 아니었으니까 넘어가."

나는 즉답했다.

"그러죠."

아버지가 침음성을 흘린 뒤 말했다.

"……아들아."

"예, 아버지."

"너무 쉽게 대답한다?"

"넘어가라면서요?"

"조금 전까지 제대로 알지도 못하고 자기를 낳아 준 아버지한테 막말한 것에 대한 죄책감 같은 건 없냐?"

"아버지께서는 자기가 낳은 자식의 유년 시절이 개판이 된 것에 대한 죄책감 같은 건 없으시고요?"

"하하하, 이 녀석 참."

"하하하, 아버지도 참."

"하하하하."

"하하하하."

아버지와 나는 그렇게 한참을 웃고 있었지만.

"사이좋은 부자가 함께 사는 집에서는 화목한 웃음소리가 끊이지 않았답니다. 누군가한테 죽도록 맞기 전까지 말이죠."

세희의 무시무시한 협박에 웃음소리가 뚝 끊겼다.

나는 아버지에게 말했다.

"그래서 얼굴은 왜 그렇게 됐어요?"

"왜긴 왜야. 네 엄마한테 허락도 안 받고 내 마음대로 정부 쪽 요청을 받아들여서 그렇지."

"왜요?"

아버지가 피식 웃고는 진지한 표정으로, 부어오르고 멍이 든 얼굴로 진지한 표정을 지어도 웃길 뿐이지만.

진지한 표정으로 나를 보며 말했다.

"늦게나마 아버지 노릇 하고 싶어서 그랬다."

"아버지."

"왜, 감동했냐?"

"아니요."

이 세상에서 아버지를 가장 잘 아는 사람은 어머니겠지만, 두 번째는 나다.

"아버지가 글하고 상관없는 거에는 전혀 관심이 없는 사람이라는 걸 아니까, 포장하지 말고 사실을 말씀해 주시죠."

"……머리 좀 굵어졌다고 아버지 머리 위에서 놀려고 하는구나, 아들아."

"모르셨습니까, 아버지? 저는 언제나 아버지 위에 있었습니다."

다시 한번 웃음소리가 잠시 울려 퍼진 뒤.

"부부간의 일이니까 묻지 마라."

아버지는 선을 그었다.

……흐음.

그렇다면 어머니와 관계있는 일이라는 건가?

자신의 꿈에 정신이 나간 아버지라고 하지만, 어머니를 사랑하지 않는 건 아니다.

그건 어머니도 마찬가지지만, 뭐랄까.

두 분을 비교해 보면, **어머니 쪽이 아버지보다 한 걸음 더 나가신 분이지.**

그러니까, 잘은 모르겠지만 아버지는 어머니를 위해서…….

"짐작하지도 말고, 이놈아."

나는 어깨를 으쓱거렸다.

"그러죠, 뭐."

"못 보던 사이에 애늙은이나 돼 가지고."

"누구 덕일까요?"

나와 아버지는 한마음 한뜻이 되어 세희를 보았다.

커피를 한 모금 마시고 내려놓은 세희가 눈에 힘을 주자마자 다시 고개를 돌려야 했지만.

"그래서 정부 쪽 사람하고 약속 잡은 이유는 뭐냐."

나는 일부러 머리를 긁적이며 말했다.

"부탁하고 싶은 게 있어서요."

"말해 봐."

그리고 나는 아버지에게 내 생각을 전했다.

인간과 요괴가 서로를 인정하고 살아갈 수 있는 세상을 만들기 위한 첫 번째 정책으로, 인간과 요괴가 같이 다니는 시험 학교를 설립하고 싶다는 걸.

그를 위해서는 정부의 도움이 필요하다는 걸.

그리고.

"전요협인가 하는 곳은 제 쪽에서 어떻게든 할 테니까, 정부 쪽에서는 뭐라고 하더라? 아, 민생 안정에 힘써 달라는…… 뭐 그런 이야기죠."

이런 이야기를 아버지와 하게 될 거라고는 생각해 본 적이 없어서 조금 민망하군.

그리고 아버지의 심드렁한 표정도 내 그런 기분이 증폭되는 데 많은 도움이 됐다.

"왜 그런 표정이십니까, 아버지."

"내가 자식 놈을 잘못 키운 것 같아서 말이다."

"키운 적 없는데요."

"잊지 마라. 너는 내 아들이고, 다시 말하면 내 유전자의 반을 타고났다는 거다."

"그것참 감사한데, 제대로 된 이유나 말씀해 주시죠."

"못난 놈. 아니, 그렇게 되면 나까지 욕하게 되는 건가."

헛소리를 입에 달고 다니는 아버지께서 말씀하셨다.

"요괴들의 왕이라는 녀석이 권력은 나중에 삼천 궁녀 모을 때나 쓸 생각이냐."

나는 인상을 찌푸렸다.

"죽을 일 있습니까."

아무리 생각을 바꾼 나래라도 그때에는 웅녀의 뼈 몽둥이를 야구 방망이처럼 휘두를 거다. 내 머리는 야구공 대용이 되겠지.

“그러면 왜 그렇게 저자세로 나가? 네가 강압적으로 나서도 정부 쪽에서는 네 말을 들어줄 수밖에 없을 텐데.”

“그야, 뭐…….”

뭔가 그런 건 내 마음에 안 든다고 말하면 놀림거리가 될 것 같아 그럴싸한 대답을 생각하고 있는 나를 대신해서 세희가 말했다.

“그런 식으로 일을 처리하는 건 세상의 풍파에 더럽혀지지 않은 순수하고 착한 성품의 주인님께는 너무나 어려운 일이니 괜한 헛바람 불어넣지 말아 주시죠.”

아버지가 푸웁! 침을 내뿜고서는 닦지도 않고 말했다.

“순수? 착해? 얘가?”

저도 그렇게 생각하긴 합니다만 그 반응은 너무한 거 아닙니까, 아버지!

“틀린 말은 아닙니다.”

“그렇게 생각하냐?”

“적어도 어딘가의 인간쓰레기보다는 낫겠지요.”

그제야 나는 세희가 한 말을 이해할 수 있었다.

“아, 하긴 제가 아버지보다는 좀 낫죠.”

비교 대상이 아버지라면 나는 순수하고 착한 어린애가 맞으니까.

“낫긴 뭐가 나. 내가 네 나이 때만 하더라도 우수에 젖은 왕자님 소리를 듣고 다녔는데.”

“……벌써부터 정신이 혼미해지신 겁니까.”

“진짜라고! 받은 러브 레터만 해도 수십 장이다! 증인도 있어!”

아버지가 세희를 보았다.

세희는 코웃음을 쳤다.

“헛소리는 그 정도로 하시고요.”

“진짜라니까?!”

나는 휴대폰을 꺼내며 말했다.

“어머니한테 확인 전화 걸어 봐도 됩니까?”

“……이야기를 돌려서.”

아버지께서 비정한 현실을 받아들이기로 결심하셨습니다.

“네가 그럴 생각이면 그대로 대통령한테 전해 주마. 전요협은 네가 알아서 대응할 거니까 한동안 가만히 있어 달라고 했고, 민생 안정에 힘써 주길 바라고, 인간하고 요괴가 같이 다니는 이상한 학교를 만들 건데 도움 좀 달라고. 이거 맞지?”

이상한 학교는 아니지만.

“예.”

“자세한 사항은 나중에 저 녀석하고 이야기하는 게 좋겠고…… 나중에 청와대에서 같이 사진이나 찍자고 할 수도 있는데, 귀찮으면 대리인 보내거나 그래. 아예 거절하지는 말고.”

뭔가 아버지 입에서 제대로 된 이야기가 나오는 게 당황스럽기는 했지만, 내가 원했던 이야기라 나는 군말 않고 고개를 끄덕였다.

뭔가 귀찮은 일이 끝나서 속 시원하다는 듯이 아버지는 커피를 마신 뒤 소파에 깊게 몸을 묻으며 말했다.

"대충 할 이야기는 끝난 것 같네."

커피가 싫다고 하셨던 아버지의 컵은 어느새 바닥을 드러내고 있었다.

"그럼 집에 가라."

"여기가 제 집인데요."

"여긴 내 마누라 집이다."

"아, 예."

나는 아버지의 헛소리를 가볍게 무시하며 말했다.

"그러면 점심 먹기에는 조금 이르지만 오랜만에 밥이나 같이 먹죠."

옛날부터 거의 존재하지 않았던 부자 간의 정이나 이 기회에 좀 쌓아 보자는 내 말에.

"미쳤냐?"

아버지는 그렇게 대답했다.

"너 아침 먹은 지 얼마 안 됐잖아? 배 안 불러?"

"……그걸 어떻게 아셨습니까?"

"왜긴 왜야."

아버지가 손가락으로 슬쩍 세희를 가리켰다.

아, 하긴.

아버지도 옛날에는 세희와 같이 할아버지 댁에서 살았었지?

"뭐, 그래도 오랜만에 부자간의 정이라도 쌓는 게 좋지 않을까 하는데요."

아버지가 눈을 빛내며 말했다.

"그럴 생각이면 이 아비가 주도에 대해 가르쳐……."

"그럼 전 이만 가 보겠습니다."

"망할 자식."

"미성년자인 아들한테 술 마시자고 하는 소리를 하는 아버지보다야 나은 것 같은데요."

"원래 술은 어른한테 배우는 거다."

"어른, 말이죠."

아버지가 피식 웃으며 말했다.

"세희한테 많이 배웠구나, 아들아."

배워야 할 건 안 배우고 이상한 것만 배운 것 같지만 말이야.

"뭐, 어쨌든 전 이만 가 볼게요."

"어, 그래. 잘 가라."

남들이 보면 상당히 정이 없어 보이는 부자 관계 같지만, 사실 나도 약간은 그렇게 생각하고.

하지만 이런 게 아버지의 스타일인 걸 어떻게 하겠어?

나는 고개만 살짝 숙여 인사를 한 뒤 소파에서 일어났다.

"다음에 뵈었을 때는 종이 씹어 먹는 안경녀처럼, 조금 더 자신과 맞는 캐릭터를 고르셨으면 좋겠습니다."

세희도 여전히 알 수 없는 소리를 한 뒤 나를 따라 일어났고.

"아, 그건 그렇고."

그런 세희를, 아버지는 내가 치이를 바라볼 때와 비슷한 눈빛으로 바라보며 말했다.

"너, 옛날보다 독기가 많이 빠진 것 같다?"

"오라버니께서 하실 말씀이십니까?"

아버지는 웃으며 말했다.

"너도 애 키워 봐. 어쩔 수 없으니까."

나는 소파에 몸을 묻고 다시 이상한 탈을 쓰는 아버지를 뒤로하고 집에서 나왔다.

끝마치는 이야기

"돌아가시겠습니까?"

마당에 나온 내게 물어본 세희에게 고개를 저었다.

"아니, 그 전에 만날 녀석이 있어."

세희가 이상하다는 듯 말했다.

"……주인님께서 말입니까?"

"놀랍게도 말이야."

온 가족들에게 인간관계가 좁고, 밖을 잘 돌아다니지 않는 성격이라고 낙인찍힌 내가 말이지!

"그런데 약속은 하신 겁니까?"

"안 했는데?"

아, 그래서 그런 반응이었냐?

내가 어디에 연락도 안 했는데 만날 놈이 있다고 말했으니까?

"주인님, 너무 주위 환경에 영향을 많이 받으신 것 아닙니까?"

하긴, 내 주위에 누군가를 찾아가기 전에는 먼저 연락을 해야 한다는 기본적인 상식이나 예의범절을 지키는 녀석들이 있어야지 말이야.

나는 그중에서 가장 내게 영향을 많이 끼친 녀석에게 말했다.

"네가 할 말은 아니지 않냐?"

"무슨 말씀이신지 모르겠군요."

입에 침 바르고 거짓말하는 꼴 좀 봐라.

하지만 더 이상 세희와 왈가왈부하고 싶은 생각은 없다.

"일단 가자."

여기서 계속 있다가 아버지라도 나왔다가는 상당히 머쓱하고 민망한 상황이 연출될 테니까.

나는 대문을 열고 나와 익숙한 거리를 걸었다.

날씨가 춥긴 했지만, 목도리로 코끝까지 가렸기 때문일까.

아니면 패딩 속에 들어간 호랑이와 여우와 개와 까치와 까마귀의 털과 깃털 덕분인 걸까.

추위는 그럭저럭 견딜 만했다.

조금 걱정인 건 한눈에 봐도 얇아 보이는 검은색 한복을 입고, 패션을 중시한 검은색 가죽 장갑을 끼고 있는 세희지만…….

그래도 목도리는 따듯해 보이고, 추워하는 기색도 없으니까 괜찮겠지.

"춥습니다만."

내 생각을 읽은 듯 세희가 하얀 입김을 두 손에 후후 불며 말했다.

"아무리 봐도 지금 저한테 시위하는 거지요."

"장갑 줄까."

세희가 끼고 있는 가죽 장갑보다는 내가 끼고 있는 두터운 장갑이 훨씬 나을 거다.

빙판길도 아니니 주머니에 손 넣고 걸어도 위험하지는 않을 것 같고 말이야.

"그것보다는 목적지를 알려 주시는 편이 좋을 것 같습니다만."

빠르게 갔다 오자는 건가.

아, 지리산에서 올라올 때 세희가 눈치를 주지 않아서 깜빡하고 있었는데.

이 녀석, 랑이와 오래 떨어지는 걸 정말 싫어했지.

그런데 문제가 있다.

"집 주소를 몰라."

어떻게 가는지는 알아도 말이야.

하지만 그 말이 어떤 단서가 되었는지 세희가 살짝 눈살을 찌푸리며 말했다.

"혹시 지금 단 하나뿐인 친우분을 만나러 가시는 길이십니까?"

……단어 선정에 왠지 모르게 기분이 나빠졌지만, 숨길 일도 아니기에 나는 사실대로 말했다.

"어."

괴상하기로 따지면 내 아버지와 자웅을 다투는 녀석.

김세현.

그놈한테 할 말이라고 할지, 부탁이라고 할지, 권유하고 싶은 게 있거든.

그렇다고 중요한 일은 아니고, 개인적인 빚을 좀 갚고 싶을 뿐이다.

"요괴의 왕이 한 명의 인간에게 지고 있는 개인적인 빚, 말이죠."

나는 세희의 말을 정정하기로 했다.

"친구 사이의 개인적인 빚이다."

애초에 그 녀석은 그런 걸 신경 안 쓰니까 나와 나래와 친구가 될 수 있었다고.

"그렇습니까."

그런데 세희의 반응이 이상하다.

"하지만 그 만남은 조금 뒤로 미루셔야 할 것 같습니다."

"왜?"

"오늘 주인님과 뵙기로 약속된 손님께서 보기와 달리 성격이 급하셨던 것 같으니까요."

나는 세희가 정면을 바라보고 있다는 사실을 깨닫고 고개를 돌렸다.

그리고 세희가 말한 손님이 누구인지 알 수 있었다.

"하……."

하긴, 자신이 있을 만하구나.

꼭 결계를 뚫거나 랑이나 세희의 초대를 받고 안으로 들어올 필요는 없을 테니까.

이런 식으로 말이지.

양산을 어깨에 걸친 어딘가 나른한 표정의 흡혈귀가 말했다.

"잠깐 시간 괜찮겠지?"
예상보다 서울에 오래 있게 될 것 같네.

작가의 끼적끼적

안녕하세요.

지금까지 쓴 후기만 모아도 책 반 권 분량은 나오지 않을까, 진지하게 고민 중인 카넬입니다.

이번 권에 대한 이야기를 하기에 앞서서.

작중에 말뚝이를 등장시키는 것을 흔쾌히 허락해 주신 오트슨 작가님과 RESS 님께 진심으로 감사드린다는 말씀을 드리고 싶습니다.

사실…… 부탁드리면서도 불안했는데, 정말 흔쾌히! 너무나 흔쾌히 허락해 주셔서 너무나 감사했습니다.

지금까지 나호를 읽어 주신 독자님들께서도 다들 알고 계시겠지만, 제가 크로스오버…… 는 무리더라도, 이런 식으로 존경하는 작가님들의 작품의 등장인물들을 등장시키거나 언급하는 걸 좋아하거든요.

……미얄의 추천 팬분들을 속인 것처럼 되는 게 아닐까 조금 걱정되지만요.

만약 "형이 왜 거기서 나와?" 하는 생각에 나호를 구입하신 미얄의 추천 독자님들이 계시다면, 정말 죄송하게 되었다는 말씀을 드리겠습니다.

그, 그래도 좋은 소식이 있을 거예요!

갑각 나비도 완결이 되었는걸요!

……뭔가, 트루먼 쇼에서 나왔던 것처럼 갑자기 갑각 나비 책을 들고 PPL이라도 해야 할 것 같다는 생각이 들었습니다만.

말뚝이(의 코스프레)를 등장시킨 것에 대한 뒷거래로 나호에서 미얄의 추천과 갑각 나비를 광고해 주기로 한 것 아닌가, 하는 의심이 생길지도 모른다는 생각도 들었습니다만.

그럼 다시 돌아와서.

이번 권은 평소와 조금 다른 느낌으로 아이들의 이야기를 풀어 보려고 노력했습니다.

사람이 밥만 먹으면 질리잖아요?

그런 생각으로 초고를 완성한 다음.

질리는 건 밥이 아니라 반찬이었다는 깨달음을 얻을 수 있었습니다.

……하지만 원고를 갈아엎기에는 너무나 가까운 마감이었다.

새로운 반찬이라고 할 수 있는 학교를 설립하기도 전에 이런저런 일이 벌어져서, 도대체 이 녀석들을 언제 학교에 보낼 수 있을지 저도 잘 모르겠습니다.

그래도 다다음 권 정도에서는 살짝 제 마음대로 개조한 교복을 입은 아이들을……

크흠!

학교에 간 아이들을 보여 드릴 수 있지 않을까요?

물론 디자인은 영인 님께서 하실 것 같지만요!

이번에도 신뢰와 안심의 영인 님께서 밤하늘과 알리사-이하 이름 생략-를 예쁘고, 귀엽고, 아름답게 그려 주셔서 정말 감사하다는 말씀도 드리고 싶네요.

특히 밤하늘은 정말 고생하셨습니다.

애가 워낙 머리부터 발끝까지 어둡어둡 하다 보니까 말이죠.

그렇게 영인 님의 고생 끝에 태어난 밤하늘은 개인적으로 정말 마음에 드는 아이입니다.

이렇게 어두침침한 계열의 아이를 어르고 달래서 어미를 쫓아다니는 새끼 오리처럼 길들인 다음, 그 아이가 가장 힘들고 외롭고 괴로워하는 순간에 도와 달라는 애원을 차갑게 거절하며 비웃음을…….

어이쿠, 저도 모르게 헛소리가.

안심하십시오! 여러분의 나호는 안전합니다!

말 그대로 나호는 독자님들의 나와 호랑이님이니까요.

매번 후기에서 계속 말씀드리는 것 같습니다만, 중요한 일이니 몇 번이나 계속해도 괜찮겠지요.

……애초에 글 쓰는 시간보다 책 읽는 시간과 게임하는 시간이 더 길다 보니까, 주위에서 프로게이머 카넬이라는 소리를 듣고 있습니다만.

초, 초심을 잃지 않기 위해서라구요?

초심을 계속해서 지키면 다음 권도 3개월 주기로 나와야 할 것 같습니다만…….

괜찮아요! 나호 만화판이 있으니까요!

나호 만화판도 슬슬 1부가 끝나 가고 있습니다.

개인적으로 상당히 기대하고 있는 장면이 있는데, 윤재호 작가님께서 어떻게 풀어 나가 주실지 정말 궁금하네요.

혹시라도 나호 만화판을 안 보신 분들이 계시다면, 헤헤.

헤헤헤헤.

글로는 보여 드릴 수 없었던 장면들을 정말 멋지고 살짝 야한 그림으로 보여 주시고 계시니 관심을 가져 주셨으면 좋겠습니다.

물론 지금도 많은 관심과 사랑을 받고 있습니다!

하지만 많으면 많을수록 좋은 것이 관심과 사랑 아니겠습니까?!

그러면, 아이들의 사랑 이야기에 정말 많은 관심과 사랑을 주셔서 감사하다는 말씀을 다시 한번 드리며.

이번에도 어딘가 나사 하나 빠진 것 같은 후기를 이만 줄이고 다시 뵙기를 고대하겠습니다.

더운 여름날, 더위 조심하시고 항상 건강하세요.

ps. 교정 보고 있을 때 방주지령과의 콜라보 기사가 나왔네요. (2019년 7월 23일)

이쪽에도 많은 관심과 사랑, 부탁드립니다.

◆본 작품의 의견, 감상을 기다리고 있습니다◆

보내실 곳 _

서울시 구로구 디지털로 26길 111 JnK디지털타워 503호
우편번호 08390
(주) 디앤씨미디어 시드노벨 편집부

카넬 작가님 앞
영인 작가님 앞

카넬 시드노벨 저작 리스트

『나와 호랑이님』 21
『나와 호랑이님』 20
『나와 호랑이님』 19
『나와 호랑이님』 18
『나와 호랑이님』 17.5
『나와 호랑이님』 17
『나와 호랑이님』 16
『나와 호랑이님』 15
『나와 호랑이님』 앤솔로지 2
『나와 호랑이님』 14.5
『나와 호랑이님』 14
『나와 호랑이님』 13
『나와 호랑이님』 12
『나와 호랑이님』 11
『나와 호랑이님』 10
『나와 호랑이님』 앤솔로지
『나와 호랑이님』 9
『나와 호랑이님』 8.5
『나와 호랑이님』 8
『나와 호랑이님』 7
『나와 호랑이님』 6
『나와 호랑이님』 5.5
『나와 호랑이님』 5
『나와 호랑이님』 4
『나와 호랑이님』 3.5
『나와 호랑이님』 3
『나와 호랑이님』 2
『나와 호랑이님』
『나와 비행소녀』

나와 호랑이님 21

초판 1쇄 발행 2019년 8월 1일

지은이_ 카넬
발행인_ 신현호
편집장_ 이환진
책임편집_ 유석희
편집부_ 유석희 송영규 이호훈
편집디자인_ 한방울
국제부_ 정아라 전은지
영업 · 관리_ 김민원 조인희

펴낸곳_ (주) 디앤씨미디어
등록_ 2002년 4월 25일 제 20-260호
주소_ 서울시 구로구 디지털로 26길 111 JnK디지털타워 503호
전화_ 02-333-2513(대표)
팩시밀리_ 02-333-2514
E-mail_ seednovel@dncmedia.co.kr
홈페이지 www.seednovel.com

값 7,200원

ISBN 979-11-6145-237-1 04810
ISBN 979-11-956396-9-4 (세트)

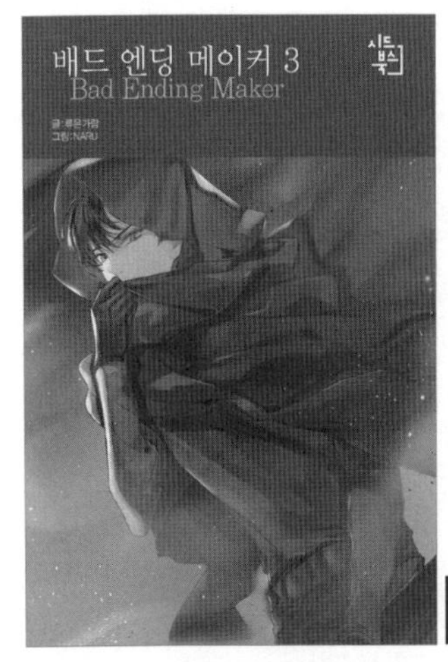

류은가람 지음
NARU 일러스트

배드 엔딩 메이커 3

카인과의 악연을 청산한 라보와 오아시스

레벨 업도 끝낸 상황에서
라보는 다음 단계를 진행한다.

바로, 윙즈 온라인 '4대 빌런'의 규합!

'노왕' 올드만
'역병 의사' 닥터
'어글킹' 어그로 킹

그리고……
'헌터 킬러' 카인

'마왕'과 '4대 빌런'의 만남으로
윙즈 온라인은 격렬한 풍랑을 맞게 되는데……

시드북스

요하 지음
이카 일러스트

나를 지상 최강으로 만들어 줘! 3

글라키에스 가문의 인조 정령, 네쥬와 슈니를
식구로 맞이한 엔도벨가.
테아나와 혁찬은 그녀들의 도움을 통해
이전과는 비교할 수 없을 정도로 성장한다.

이제 충분한 힘을 갖췄다고 판단한 혁찬은
테아나를 아리아와 함께 왕실 무술 대회에 내보내는데…….

"이왕 이렇게 된 거 모두에게 경각심을 심어 줘야겠군.
나를 적대하면 어떻게 되는지 말이야."

**압도적인 적이 그들의 숨통을
천천히 조여 오기 시작한다!**

www.seednovel.com SEED NOVEL